Monika Felten
Die Elfen des Sees

PIPER

Zu diesem Buch

Ein fesselndes neues Abenteuer aus der geheimnisvollen Welt der »Saga von Thale«: Im Reich der Nebelelfen wird die Hohepriesterin von schweren Träumen heimgesucht. Ihre Lebensspanne neigt sich dem Ende entgegen, und sie soll eine Nachfolgerin erwählen. Mit ihrer seherischen Gabe entdeckt sie das Mädchen Lya-Numi, das an einem See im Grasland lebt. Zum Schein unterwirft sich die junge Elfe den Forderungen der Hohepriesterin. Heimlich jedoch verwendet sie ihr magisches Talent, um ganz anderen Plänen nachzugehen. Lya-Numis Entscheidung wird die Welt von Thale für immer verändern ...

Monika Felten, geboren 1965, gewann mit ihrer »Saga von Thale« zweimal den Deutschen Phantastik Preis. Die Trilogie »Das Erbe der Runen« und der Roman »Die Königin der Schwerter« waren ebenfalls große Erfolge. Jüngst erschien »Die Nebelelfen«, der neue Roman aus der Welt des Elfenfeuers. Weiteres zur Autorin: www.monikafelten.de

Monika Felten

Die Elfen des Sees

Piper München Zürich

Entdecke die Welt der Piper Fantasy:

Piper-Fantasy.de

Von Monika Felten liegen bei Piper vor:
Die Nebelelfen
Elfenfeuer. Die Saga von Thale 1
Die Macht des Elfenfeuers. Die Saga von Thale 2
Die Hüterin des Elfenfeuers. Die Saga von Thale 3
Die Elfen des Sees
Die Nebelsängerin. Das Erbe der Runen 1
Die Feuerpriesterin. Das Erbe der Runen 2
Die Schattenweberin. Das Erbe der Runen 3
Die Königin der Schwerter

Der Prolog und der erste Teil des Epilogs stammen aus
»Die Macht des Elfenfeuers«.

Mix
Produktgruppe aus vorbildlich bewirtschafteten
Wäldern und anderen kontrollierten Herkünften
www.fsc.org Zert.-Nr. GFA-COC-001223
© 1996 Forest Stewardship Council

Originalausgabe
Oktober 2009
© 2009 Piper Verlag GmbH, München
Dieser Roman wurde vermittelt durch: AVAinternational GmbH
www.ava-international.de
Umschlagkonzeption: semper smile, München
Umschlaggestaltung: Guter Punkt, München | www.guter-punkt.de
Umschlagabbildung: Trevillion Images, Joseph Ortenzi
Autorenfoto: Thorsten Eichhorst
Satz: psb, Berlin
Papier: Munken Print von Arctic Paper Munkedals AB, Schweden
Druck und Bindung: CPI – Clausen & Bosse, Leck
Printed in Germany   ISBN 978-3-492-29197-2

Prolog

Als sich die Flammen dem Kern des riesigen Scheiterhaufens näherten und das Holz der geweihten Schatulle erreichten, die dort unter armdicken Ästen verborgen lag, hob Lya-Numi die Arme zum Himmel. Augenblicklich erstarb das leise Gemurmel, welches das Knistern und Knacken des Holzes begleitet hatte, und die Blicke der zweihundertfünfzig Nebelelfen, die sich an diesem Abend um das Feuer im Zentrum Caira-Dans versammelt hatten, ruhten in gespannter Erwartung auf ihr. »… iunij koku na siq-qasa min tag – wenn wir uns wiedersehen, wird es ein guter Tag sein.« Lya-Numis Stimme hallte hell und klar durch die Nacht, und selbst die vielen Windspiele in den Bäumen rund um die Lichtung schwiegen, während sie das traditionelle Gebet zu Ehren der Verstorbenen sprach. »… sinya du-n she ed treysa star inro – möget ihr das Licht finden, das hinter den Sternen leuchtet!«

In diesem Augenblick öffnete sich die Schatulle unter dem Ansturm des Feuers mit einem lauten Knall und gab den Inhalt den Flammen preis. Ein Sturm aus glühenden Funken schoss aus dem

Scheiterhaufen und strebte dem nächtlichen Himmel wie eine Wolke brennenden Sternenstaubs entgegen. Getragen von der Hitze des Feuers, stieg sie höher und höher, während ihr glühender, schier endloser Schweif noch immer den Scheiterhaufen berührte.

Lya-Numi erschauerte. Überwältigt von der Schönheit des Anblicks, füllten sich ihre Augen mit Tränen und ihre Gedanken wanderten weit zurück. Es war wie damals, als sie von den Bergrücken des Ylmazur-Gebirges aus das heilige Elfenfeuer zum ersten Mal beobachtet hatte …

Lya-Numi

Dirair hielt den Speer abwehrbereit in den Händen. Jeder Muskel in seinem Körper war angespannt, der Blick starr geradeaus gerichtet. Sein Atem ging stoßweise. Schweiß perlte auf seiner Stirn. Auf dem Boden lag sein Langbogen. Achtlos fortgeworfen, der letzte Pfeil verschossen. Daneben zwei Körper. Blutverschmiert und reglos im Steppengras.

»Dirair!« Lya-Numi schrie so laut sie konnte, während sie über die Steppe rannte. »Dirair, flieh!«

Vergeblich.

Dirair hörte sie nicht. Seine ganze Aufmerksamkeit galt dem Quarlin, der keine fünf Schritte von ihm entfernt mit angelegten Ohren und gebleckten Zähnen im Gras kauerte.

Lya-Numi lief schneller. Doch was sie auch tat, wie schnell sich ihre Beine auch bewegten, sie kam nicht voran.

»Dirair!«

Lya-Numi schluchzte auf. Verzweiflung schnürte ihr die Kehle zu. Dirair durfte nicht sterben. Nicht Dirair, den sie so sehr liebte …

Lya-Numi schreckte aus dem Schlaf auf. Ihr Herz raste. Und sie zitterte, während die Bilder des Traums weiter an ihren Gedanken hafteten wie ein lebendiges Ding, das sich nicht abschütteln ließ.

Dirair!

Tränen schossen ihr in die Augen, als sie an den jungen Nebelelfen dachte, der ihr mehr bedeutete als alles andere und der ihr so nahestand wie niemand sonst. Dirair, der mit zwei Freunden aufgebrochen war, um einen Quarlin zu jagen. *Dirair, der tot ist …*

»Nein!« Hastig verscheuchte Lya-Numi die innere Stimme, die ihr zuflüstern wollte, dass der Traum die Wahrheit gezeigt habe. Es war ein Albtraum gewesen! Eine Ausgeburt der Ängste, die sie quälten, weiter nichts.

Lya-Numi straffte sich und versuchte, nicht auf die innere Stimme zu achten, die ihr einreden wollte, dass sie sich etwas vormache und die Wahrheit verleugne.

Seit vielen Sommern schon wurde sie häufig unvermittelt von Visionen heimgesucht. Heraufziehende Stürme, Trockenheit oder Elfen in Not, dies und noch vieles mehr offenbarte sich ihr in Form von verworrenen Bildern, die sich zumeist in der Nacht, aber auch am Tage wie von selbst vor ihrem geistigen Auge formten. Zunächst hatten die Bilder sie verwirrt und geängstigt, dann aber hatte sie gelernt, sie anzunehmen und sie zum Wohle aller zu Nutzen.

»Es war nur ein Traum!« Lya-Numi ballte die Fäuste, während sie die Worte so nachdrücklich sprach, als wären sie eine Beschwörungsformel. »Nur ein furchtbarer Traum.«

Drei Mondläufe war Dirair nun schon fort. Lya-Numi hatte nicht gewollt, dass er ging, aber er hatte sich nicht umstimmen lassen. »Jeden Abend bei Sonnenuntergang werde ich deinem Bruder eine Nachricht senden«, hatte er ihr zum Abschied versprochen und sich auch daran gehalten, bis die Gedankenverbindung vor mehr als einem Mondlauf plötzlich abgerissen war. Sogleich war das ganze Dorf in großer Sorge um die drei jungen Elfenjäger gewesen.

Viele hatten Rat bei Lya-Numi gesucht, sie aber hatte ihnen nichts von den Träumen erzählt und behauptet, keine Bilder empfangen zu haben, obwohl der Traum von Dirair und dem Quarlin sie auch damals schon jede Nacht heimgesucht hatte.

Vor ein paar Sonnenläufen hatte ein Suchtrupp die entsetzlich verstümmelten Leichen von Dirairs Freunden nahe einem Lagerplatz in der nörd-

lichen Steppe gefunden und sie ins Dorf zurück-
gebracht. Es gab keinen Zweifel, dass sie einem
Quarlin zum Opfer gefallen waren. Von Dirair
hingegen fehlte jede Spur. Nur seine Decke war
am Lagerplatz zurückgeblieben. Für Lya-Numi
war das Beweis genug, dass er am Leben war. Vielleicht verfolgte er den Quarlin allein? Oder er war
verletzt geflohen und hatte die Fähigkeit der Gedankensprache wieder verloren, die er erst vor kur-
zem erlernt hatte? Lya-Numi war noch zu jung,
um die Gedankensprache zu erlernen. Erst in
zwei Sommern würde man sie in dieser Kunst unterweisen. Sie wusste aber, dass man etwas vergessen konnte, wenn man einen Schlag auf den
Kopf bekam, und klammerte sich daran. Das Einzige, was für sie zählte, war, dass es Hoffung gab,
die für sie erst dann enden würde, wenn die
Suchtrupps auch Dirairs Leichnam in das Dorf
am See brachten.

»Lya-Numi? Lya-Numi, bist du schon wach?«
Jemand klopfte energisch gegen die Tür der aus
Schilfgeflecht und Hölzern errichteten Hütte. Lya-
Numi erkannte die Stimme ihrer Mutter und rich-
tete sich auf. Durch die Ritzen und Spalten der
Wände war das erste Grau des Morgens zu sehen.

»Ja, ich bin wach!«, gab sie zur Antwort, machte
aber keine Anstalten aufzustehen. »Was gibt es?«

»Es ist Besuch gekommen. Jemand möchte dich sehen.« Die Stimme ihrer Mutter klang sehr aufgeregt.

»Besuch?« Dirair! Die Worte ließen Lya-Numi schlagartig alle Müdigkeit vergessen. Das konnte nur Dirair sein. Er ist zurück!, dachte sie mit klopfendem Herzen. Er lebt!

»Es ist nicht, wie du denkst.« Ihre Mutter schien ihre Gedanken zu erraten. »Gilraen, die Hohepriesterin aus den Sümpfen von Numark, ist mit ihrem Riesenalp gekommen und verlangt nach dir.«

»Die Hohepriesterin?« Lya-Numi fühlte, wie sich das Hochgefühl und die jäh aufgeflammte Hoffnung binnen eines Herzschlags in nichts auflösten. Die Welt wurde wieder dunkel. Seufzend sank sie zurück auf ihr Lager. Wozu aufstehen, wenn es nicht Dirair war?

»Lya-Numi, hast du gehört? Die Hohepriesterin möchte dich sehen.« Ihre Mutter ließ nicht locker. Lya-Numi wusste, dass sie so lange vor der Tür stehen würde, bis ihre Tochter herauskam.

»Und was will sie von mir?«, fragte sie unwirsch.

»Steh auf, kleide dich an und frage sie selbst«, erwiderte ihre Mutter mit leicht gereiztem Unterton. »Mir hat sie es nicht verraten. Aber beeile

11

dich. Einen so ehrenwerten Gast lässt man nicht warten.«

»Wo bleibst du denn so lange, Kind?« Lya-Numi fing einen tadelnden Blick ihrer Mutter auf, als sie nach einer in ihren Augen angemessenen Zeitspanne die Hütte ihrer Eltern betrat. Ihren Vater konnte sie nirgends entdecken. Wie immer war er schon früh auf den See hinausgefahren, um zu fischen.

Ihre Mutter saß mit der hochgewachsenen Elfenpriesterin allein an dem einzigen Tisch in der Hütte. Gilraen blickte auf und musterte Lya-Numi aufmerksam aus ihren ungewöhnlich hellgrauen Augen. Sie hatte den dunkelblauen Reiseumhang nicht abgelegt. Ihr Gesicht war alterslos, aber ihre schlohweißen Haare zeugten davon, dass sie schon viele hundert Sommer gesehen hatte.

»Ich kam so schnell ich konnte.« Lya-Numi wusste, dass ihre Mutter und auch die Hohepriesterin die Lüge mühelos durchschauten, aber das war ihr gleichgültig. Sie wandte sich der Hohepriesterin zu, neigte ehrerbietig das Haupt und sagte höflich: »Ich grüße Euch, ehrwürdige Gilraen.«

»Und ich grüße dich – meine Tochter.«

… meine Tochter. Schon die Art, wie die Hohe-

12

priesterin das sagte, jagte Lya-Numi einen Schauder über den Rücken. Obwohl Gilraen ihr zulächelte, spürte sie das Endgültige, das in den Worten mitschwang. In ihrem Magen schien plötzlich ein Stein zu liegen, und sie fragte sich voller Unbehagen, was nun kommen mochte. Es dauerte einen Augenblick, ehe sie sich so weit gefasst hatte, dass sie äußerlich gelassen die Frage stellen konnte, die auch ihre Mutter bewegte. »Was führt Euch hierher?«

»Ich bin gekommen, dich zu holen.«

»… zu holen?« Lya-Numi prallte zurück. Die Offenheit der Hohepriesterin raubte ihr fast den Atem.

»Ihr … Ihr wollt meine Tochter mit Euch nehmen?« Die bestürzte Frage ihrer Mutter verschaffte Lya-Numi etwas Zeit, um sich wieder zu fassen.

Gilraen nickte.

»Aber warum?«

»Weil sie sieht.« Drei Worte, vorgetragen auf eine Weise, als erkläre dies alles. Worte, die wie ein Sturm aus heiterem Himmel über Lya-Numi hereinbrachen und in ihr eine heftige Abwehr heraufbeschworen. Stumm schüttelte sie den Kopf. Ihre Lippen bebten, während es in ihrem Kopf nur Raum für einen Gedanken zu geben schien: Nein! Niemals! Ich gehe nicht fort.

Der Hohepriesterin entging ihre abweisende Haltung nicht. »Es überrascht mich, dass du es nicht gesehen hast«, hörte Lya-Numi sie wie aus weiter Ferne sagen. »Ich nahm an, du hättest bereits eine Vorahnung. Es tut mir leid, wenn dich meine Worte erschreckt haben, aber selbst wenn ich sie weniger direkt vorgetragen hätte, würde es nichts an der Tatsache ändern, dass es deine Bestimmung ist, mit mir zu kommen.« Sie machte eine kurze Pause und schien etwas zu überlegen, dann fuhr sie fort: »Du bist die, nach der ich viele Sommer lang gesucht habe, die Einzige im ganzen Land, die würdig ist, meine Nachfolge anzutreten.«

»Lya-Numi … soll Hohepriesterin werden?« Es war nicht zu überhören, dass die Stimmung ihrer Mutter angesichts dieser Ankündigung abrupt umschlug. Statt Bestürzung und Verwunderung schwangen nun Stolz und Begeisterung in ihrer Stimme mit, als sie sich strahlend an Lya-Numi wandte: »Hast du das gehört, mein Kind? Die ehrwürdige Gilraen hat *dich* auserwählt, die künftige Hohepriesterin von Thale zu werden. Das ist unglaublich.«

Lya-Numi hatte es die Sprache verschlagen. Fassungslos starrte sie die beiden Frauen an, die da so einträchtig beisammensaßen und über ihr

Leben und ihre Zukunft entschieden, als sei sie ein seelenloses Ding, das man einfach herumreichen konnte.

»Habt Nachsicht mit meiner Tochter«, sagte ihre Mutter entschuldigend zur Hohepriesterin, als Lya-Numi nicht antwortete. »Das kommt alles sehr plötzlich. Sie wird sich bald gefasst haben.«

»Ach, werde ich das?« Lya-Numi machte sich nicht die Mühe, ihren Worten die Schärfe zu nehmen. »Wie wäre es, wenn ihr mich erst einmal fragt, ob ich das überhaupt will?« Sie schüttelte den Kopf und wich einen Schritt zurück. »Nur damit ihr es wisst«, stieß sie mühsam beherrscht hervor. »Ich gehe nicht von hier fort – niemals!« Dann wirbelte sie herum, stürmte aus der Hütte und ließ Gilraen und ihre Mutter zurück, ohne sich noch einmal umzublicken.

Tränen verschleierten Lya-Numis Blick, als sie durch die vertrauten Straßen floh. Fort, nur fort von ihrem Elternhaus und der Hohepriesterin, die sie der Heimat und den Menschen, die sie so sehr liebte, entreißen wollte.

Ich gehe nicht! Ich gehe nicht! Die Worte hämmerten hinter ihrer Stirn im Takt ihrer Schritte, wieder und wieder wie eine Beschwörungsformel, die das Unvermeidliche aufzuhalten vermochte.

Ich gehe nicht. Mein Platz ist hier. Am See. Bei Dirair.

Wie von selbst fanden ihre Füße den Weg zum Ufer des Sees, wo ein schmaler Holzsteg durch das Schilf führte, an dessen Ende das Boot ihres Vaters des Nachts vertäut lag. Ihrem Steg, auf dem Dirair ihr seine Liebe gestanden hatte.

Lya-Numi verlangsamte ihre Schritte, ging bis ans Ende des Stegs und setzte sich. Während sie den Blick über den flachen Graslandsee schweifen ließ und ihre Gedanken zu ordnen versuchte, atmete sie tief durch und sog den vertrauten, würzigen Duft des Sees tief in ihre Lungen. Wie oft hatte sie hier mit Dirair beisammengesessen und von der Zukunft geträumt? Wie oft hatten sie bei Sonnenuntergang die Blauschwäne beobachtet, die in jedem Frühling ganz in der Nähe im Schilf brüteten und auf dem flachen See ihre Jungen großzogen, bevor sie im Herbst wieder nach Süden flogen? Dirair hatte immer davon geträumt, ihnen zu folgen, und sich gewünscht, einmal dorthin zu reisen, wo sie den Winter verbrachten. Lya-Numi nicht. Niemals hatte sie die majestätischen Vögel um die weite Reise beneidet, nicht ein einziges Mal den Wunsch verspürt, selbst aufzubrechen und die Welt jenseits des Sees kennenzulernen.

Lya-Numi seufzte. Wie die Weiden, die am Ufer standen und ihre Zweige weit über den See reckten, war auch sie mit diesem Landstrich verwurzelt, und wie eine Weide würde auch sie verkümmern, wenn jemand diese Wurzeln durchtrennen und sie an einen anderen Ort verpflanzen würde, dessen war sie gewiss.

»Du unterschätzt dich. Du bist stärker, als du denkst.«

Lya-Numi drehte sich um und sah die Hohepriesterin am Ufer stehen. Wie selbstverständlich betrat sie den Steg, kam auf Lya-Numi zu und setzte sich neben sie.

»Es ist schön hier«, sagte sie auf eine Weise, als sei nichts geschehen. »So friedlich.«

Lya-Numi schwieg. Was hätte sie auch sagen sollen? Sie hatte nicht damit gerechnet, dass Gilraen ihr folgen würde, und war verwirrt. Wenn die Hohepriesterin wenigstens zornig gewesen wäre … Der gefällige Plauderton machte alles nur noch schlimmer.

»Das Schicksal geht oft seltsame Wege. Findest du nicht?«, richtete die Hohepriesterin das Wort nach einer kurzen Zeit des Schweigens wieder an Lya-Numi.

»Kann sein.« Lya-Numi gab sich einsilbig. Nicht zu antworten wäre unhöflich gewesen. Die zwei

Worte erschienen ihr mehr als genug. Trotzdem
fügte sie hinzu: »Ihr seid aber nicht das Schicksal.«

»Nein, das bin ich nicht.« Ein Lächeln huschte
über Gilraens Gesicht. »Und doch waren es das
Schicksal und der Wille der Gütigen Göttin, die
mich zu dir führten.« Sie setzte sich so, dass sie
Lya-Numi ansehen konnte, und sagte: »Ich muss
dir nichts über die Kraft von Visionen sagen, meine Tochter. Du kennst sie, ebenso gut wie ich. Wir
beide wissen, dass sie immer eintreffen, ganz gleich
ob uns gefällt, was wir sehen oder nicht. Früher
oder später werden sie wahr, auch wenn es uns für
eine Weile gelingen mag, das Unausweichliche
hinauszuzögern – oder zu verleugnen.« Sie verstummte und schaute Lya-Numi so direkt in die
Augen, dass diese hastig den Blick senkte. Sie weiß
es, dachte sie bei sich. Sie weiß, warum ich nicht
fort will. Für einen Augenblick war sie sich sicher,
dass Gilraen ihr nun die Nachricht von Dirairs
Tod überbringen würde, und wappnete sich inner-
lich gegen den Schmerz, aber die Hohepriesterin
schien etwas anderes im Sinn zu haben.

»Wir Sehenden werden immer wieder aufs
Neue geprüft«, sagte sie und wandte das Gesicht
wieder dem Wasser zu. »Oft sind wir versucht, das
Schicksal in andere Bahnen zu lenken, vor allem,

wenn uns das, was wir sehen, nicht gefällt. Aber du und ich und mit uns alle Sehenden, wir wissen, dass es ein sinnloses Unterfangen wäre. Der Weg mag sich ändern lassen, wenn wir die Kraft dazu haben, das Ziel aber steht fest. Irgendwann wird alles so kommen, wie das Schicksal es für uns vorherbestimmt hat.« Sie machte eine bedeutungsvolle Pause und fuhr dann fort: »Ich habe dich gesehen. Lya-Numi. Ich sah dich an meiner Seite. Du hast meine Hand gehalten. Du hast geweint, und ich … ich habe dir die Hand auf die Stirn gelegt und dir mit meinem letzten Atemzug das geheime Wissen übertragen, das sich nicht erlernen lässt und dich zur Hohepriesterin macht – zu meiner Nachfolgerin.«

»Ihr habt Euren Tod gesehen?« Die Wendung, die das Gespräch nahm, überraschte Lya-Numi. »Wann …?«

»Wann es so weit sein wird?« Gilraen schmunzelte. »Nun, eine Weile wird es schon noch dauern«, sagte sie leichthin. »Dessen ungeachtet spüre ich, dass es Zeit wird, meine Nachfolgerin zu benennen. Ein Hohepriesterin muss vieles lernen. Bis sie bereit ist, das geheime Wissen zu empfangen, vergehen etliche Sommer.«

Lya-Numi schaute auf das Wasser hinaus und schwieg lange. Dann fragte sie: »Warum ich?«

»Weil du siehst«, wiederholte die Hohepriesterin geduldig. »Nur wenigen Nebelelfen wird die Gabe zuteil, die dir gegeben ist. Bei vielen von ihnen ist sie schwach ausgeprägt, manche erkennen sie gar nicht, andere fürchten und verdrängen sie. Du aber hast sie angenommen und gelernt, sie zum Wohle aller zu nutzen. Ohne fremde Hilfe oder Lehrmeisterin bist du sehr weit gekommen. Du bist nicht nur gut, du bist die Beste. Das ist es, was mich so sicher macht. Selbst wenn ich dich in der Vision nicht gesehen hätte, hätte ich dich erwählt.«

Wieder schwieg Lya-Numi. Sie wusste, dass die Hohepriesterin mit allem, was sie sagte, recht hatte. Wenn es ihr vom Schicksal bestimmt war, Hohepriesterin zu werden, dann würde es auch so kommen. Eine Weigerung bedeutete einen Aufschub, keine Wende. Wie das Wasser einen Hang hinabfloss und sich hinter jedem Damm einen neuen Weg bahnte, so würde auch das Schicksal unermüdlich seinen Lauf nehmen und alles daransetzen, den vorbestimmten Plan zu erfüllen.

»Aber ich kann nicht mitkommen.« Lya-Numi antwortete, ohne nachzudenken. »Ich … ich will … ich muss hierbleiben. Ich habe es Dira …« Sie verstummte. Auf keinen Fall sollte die Hohepriesterin von ihr etwas über Dirair erfahren. Zu groß war die Angst, aus ihrem Mund das zu hören, was sie nicht hören wollte. »Außerdem ist beschlossen, dass ich meinem Vater folge und Fischerin werde«, sagte sie schnell, und diesmal war es die Wahrheit.

»Du hast einen älteren Bruder, der diese Aufgabe jetzt schon ausfüllt und mit Freuden übernehmen würde.«

»Genau wie ich.« Lya-Numi legte allen Trotz, den sie aufbringen konnte, in die drei Worte, schob die Unterlippe vor und verschränkte die Arme vor der Brust. Ihre Sorgen und Nöte gingen die Hohepriesterin nichts an. Und was das Gerede von der Unausweichlichkeit des Schicksals anging – auch Hohepriesterinnen konnten sich irren. Lya-Numi war fest entschlossen, allein über ihre Zukunft zu entscheiden, und es gab für sie keinen Grund, daran zu zweifeln, dass sie diese an Dirairs Seite hier am See verbringen würde.

»Es wird dir bei uns gefallen«, hörte sie Gilraen in ihre Gedanken hineinsagen. »Wir Priesterinnen sind wie eine große Familie. Du wirst lernen, deine Kräfte zu entfalten und Magie zu wirken. Du wirst lernen zu heilen, und«, sie machte eine bedeutungsvolle Pause, »du wirst einen Riesenalp reiten.«

»Wirklich?« Lya-Numi horchte auf.

»Natürlich.« Die Hohepriesterin hob die Stimme ein wenig an. »Wie es sich für eine Hohepriesterin geziemt, wirst auch du später einen Riesenalp zum Gefährten haben.«

Lya-Numi starrte angestrengt auf das Wasser hinaus. Zum ersten Mal war es Gilraen gelungen, ihr Interesse zu wecken. Aber der Trotz war stärker. Vermutlich hatte ihre Mutter ausgeplaudert, dass sie sich nichts sehnlicher wünschte, als einmal auf dem Rücken eines Riesenalps über das Land zu fliegen, in der Hoffnung, sie damit umstimmen zu können. Das hatten die beiden sich ja fein ausgedacht. Aber so einfach würde sie der Hohepriesterin nicht in die Falle gehen. »Gebt Euch keine Mühe«, sagte sie kühl. »Mein Entschluss steht fest. Ich bleibe hier.«

»Willst du dir den Tempel denn nicht einmal ansehen?«

»Wozu?«

»Ganz unverbindlich. Für drei Mondläufe.«

»Nein.«

»Man kann den Wein erst dann als ungenießbar ablehnen, wenn man ihn gekostet hat«, gab die Hohepriesterin zu bedenken.

»Schon möglich. Aber ich will ihn nicht kosten.« Lya-Numi ließ sich nicht beirren. »Mein Platz ist hier.«

»Das ist nicht besonders weise.«

»Ein Fischer muss nicht weise sein. Es genügt zu wissen, wie man Netze flickt und einen reichen Fang nach Hause bringt.«

»Siehst du das wirklich so?«

»Ja.«

»Nun denn.« Gilraen seufzte ergeben, erhob sich und schickte sich an, den Steg zu verlassen. Zuvor aber wandte sie sich noch einmal an Lya-Numi. »Du musst deine Entscheidung nicht sofort fällen, meine Tochter«, sagte sie sanft. »Denk noch einmal darüber nach, was ich dir angeboten habe. In zwei Sonnenläufen kehre ich zurück. Dann erwarte ich deine Entscheidung.« Mit diesen Worten drehte sie sich um und ging davon, ohne Lya-Numi Gelegenheit für eine Antwort zu geben.

Lya-Numi schaute ihr nach. Selbst als Gilraen hinter dem Schilf nicht mehr zu sehen war, blieb ihr Blick weiter auf die Stelle gerichtet, an der sie die Hohepriesterin zum letzten Mal gesehen hatte, während sie die Ereignisse des Morgens noch einmal an sich vorüberziehen ließ.

Im Nachhinein schämte sie sich ein wenig für ihr unwirsches Verhalten. Die Hohepriesterin war sehr freundlich gewesen und hatte offen zu ihr gesprochen. Sicher gab es viele, die alles dafür gegeben hätten, ein solches Angebot zu bekommen,

23

und die ohne zu zögern zugestimmt hätten – aber sie gehörte nun mal nicht dazu.

Sie war glücklich hier am See – jedenfalls war sie es gewesen, bis Dirair fortgegangen war –, und sie würde es schon bald wieder sein, wenn Dirair zurückkehrte, dessen war sie gewiss. Jetzt fortzugehen erschien ihr als ein schändlicher Verrat an ihren Hoffnungen. Ein Eingeständnis dessen, was sie seit vielen Sonnenläufen so beharrlich leugnete.

Ein Besuch im Tempel wäre eine gute Gelegenheit, der Ungewissheit zu entfliehen, meldete sich die leise Stimme in ihr zu Wort, die ihr schon seit langem zuflüsterte, dass sie Dirair niemals wiedersehen würde. *In den fernen Sümpfen wirst du auf andere Gedanken kommen. Dort wirst du frei sein von den Erinnerungen, die dich hier umgeben und quälen.*

Lya-Numi ballte die Fäuste. Sie spürte die Wahrheit, die in den Gedanken lag, wehrte sich aber noch immer dagegen. Sie hatte Dirair ewige Liebe geschworen, sie hatte versprochen, auf ihn zu warten …

Warten kannst du auch in den Sümpfen. Wenn er zurückkommt, kannst du jederzeit ins Grasland zurückkehren.

»Ach, Dirair.« Lya-Numi wischte eine Träne fort und ließ den Blick über das wogende Meer aus Schilf schweifen.

Es ist nur ein Besuch. Er verpflichtet dich zu nichts. Sieh es dir wenigstens an. Du kannst dabei nur gewinnen.

»Aber ich will nicht.« Die Worte hallten über den See und scheuchten zwei Gänse auf, die in der Nähe gründelten. Lya-Numi schloss die Augen und atmete tief durch. *In Gedanken sah sie sich an Dirairs Seite auf dem Steg stehen. Er hatte den Arm um sie gelegt. Das Licht der untergehenden Sonne färbte das Wasser blutrot. »Wenn ich nicht gehe«, hatte er zu ihr gesagt, »werde ich mich mein Leben lang für meine Feigheit verachten.«*

»Wenn du gehst«, hatte sie geantwortet und ihm tief in die Augen gesehen, »werden wir uns nie wiedersehen.«

»Was immer auch geschieht, ich werde bei dir sein«, hatte er erwidert, ihr sanft über die Wange gestrichen und …

»Lya-Numi!« Die Stimme ihrer Mutter ließ die Bilder der Erinnerung zerplatzen wie eine Luftblase auf dem Wasser. Leichte Erschütterungen kündeten davon, dass sie den Steg betrat und rasch näher kam. »Lya-Numi, Kind! Was fällt dir ein?«, begann sie in dem leisen, aber strengen Ton, den sie immer dann wählte, wenn sie besonders verärgert war. »Was du getan hast, war mehr als respektlos. Da bekommen wir ehrenwerten Besuch, und du rennst fort, als wärst du geschlagen worden. Was hast du dir nur dabei gedacht? – Novizin der Hohepriesterin! Viele würden alles dafür geben, erwählt zu werden. Und was tust du? Verschwindest einfach ohne eine Erklärung. So etwas gehört sich nicht! Was soll die Hohepriesterin denn jetzt von uns denken? Und was wird sie daheim über die Elfen des Sees sagen?« Sie seufzte und schüttelte den Kopf. »Wie kannst du so ablehnend über etwas urteilen, das du nicht kennst? Ich schäme mich für dich.«

»Das musst du nicht.«

»Ach, nein?« Die Stimme ihrer Mutter wurde lauter, ein untrügliches Zeichen dafür, dass ihre Wut sich weiter steigerte. »Ich habe gesehen wie die Hohepriesterin ihren Riesenalp bestieg und ohne ein Wort des Abschieds davonflog. Es ist ja wohl offensichtlich, was das bedeutet.«

»Sie kommt wieder.«

»Sie … sie kommt was …?« Ihre Mutter wirkte verwirrt. »Wann?«

»In zwei Sonnenläufen.«

»Warum?«

»Um zu hören, wie ich mich entschieden habe.« Lya-Numi war erstaunt, wie ruhig ihre Stimme klang.

»Und wie hast du dich entschieden?« Ihre Mutter musterte sie aufmerksam. Ihre Wut schien verflogen. »Wie?«, fragte sie noch einmal, als Lya-Numi nicht sofort antwortete.

»Ich werde mit ihr gehen – erst mal.« Die Worte klangen in Lya-Numis Ohren seltsam befremdlich, weil der Entschluss sich gerade in dem Augenblick formte, da sie ihn aussprach. »Es ist, wie du sagst. Ich kann nicht ablehnen, was ich nicht kenne. Deshalb werde ich Gilraen für drei Mondläufe in die Sümpfe von Numark begleiten. Wenn ich mir ein Bild von dem Leben im Tempel und den Aufgaben einer Hohepriesterin gemacht habe und weiß, wie es um Dirair steht, werde ich mich entscheiden.«

Die Novizin

Über dem nebelverhangenen Grasland glitt Rukh,
der prächtige Riesenalp der Hohepriesterin, dahin. Die wenigen Vögel, die ihm an diesem frühen
Morgen begegneten, konnten auf seinem Rücken
zwei Frauen ausmachen, von denen die ältere aufrecht in dem ledernen Sattel saß und die Zügel
des Reitgeschirrs sicher in den Händen hielt, während die jüngere sich an ihren Rücken presste.

Obwohl Rukh nach dem für sie furchteinflößen-
den Start in einen sanften Gleitflug übergegangen
war, hatte Lya-Numi ihre Angst noch nicht überwunden. Nur sehr zögerlich kehrte ihr wild pochen-
des Herz zu einem ruhigen Takt zurück und er-
möglichte es ihr, wieder freier zu atmen und einen
klaren Gedanken zu fassen. Verstohlen wagte sie
einen kurzen Seitenblick über die Schulter, dorthin, wo sich die gewaltigen Schwingen des Riesenalps vor dem einheitlichen Nebelgrau über dem
Grasland in kräftigen, regelmäßigen Schlägen ho-
ben und senkten. Sie war froh, dass sie den Boden
unter ihr nicht sehen konnte. Die ungeheure
Höhe flößte ihr Angst ein, und der Gedanke an
einen Sturz ließ ihr die Kehle eng werden.

»Du musst keine Angst haben«, hatte die Hohepriesterin unmittelbar vor dem Abflug zu ihr gesagt und ihr die dicken Gurte gezeigt, die sie im Sattel halten würden. Angesichts der schwindelerregenden Höhe erschienen ihr diese Gurte inzwischen aber viel zu dünn und die Höhlung im Nacken des Riesenalps, in welcher der Sattel festgezurrt war, viel zu winzig, um ein Unglück wirklich verhindern zu können.

»Versuche ein wenig zu schlafen«, hörte sie die Stimme der Hohepriesterin im Wind. »Wir haben noch einen weiten Weg vor uns.«

Schlafen? Lya-Numi glaubte, sich verhört zu haben. Wie konnte Gilraen jetzt an Schlaf denken? Im Schlaf war die Gefahr, aus dem Sattel zu fallen, um ein Vielfaches größer und …

»Du kannst die Augen ruhig schließen.« Diesmal wandte sich die Hohepriesterin um und richtete das Wort direkt an sie. »Die Gurte werden dich halten. Du musst keine Furcht haben.«

»Die habe ich aber.«

»Ich weiß.« Gilraen lachte. »Du kannst es dir vielleicht nicht vorstellen, aber so wie du habe auch ich einst hinter meiner Vorgängerin auf einem Riesenalp gesessen und nicht gewagt, in die Tiefe zu blicken. Und so wie ich wirst auch du die Ängste bald überwunden haben, die dich jetzt noch …«

Sie führte den Satz nicht zu Ende, weil Rukh plötzlich die Flügel anlegte und jäh an Höhe verlor. Lya-Numi kreischte auf und klammerte sich so fest an die Hohepriesterin, dass ihre Arme schmerzten. Doch der Augenblick des Schreckens verging so schnell, wie er gekommen war, und schon wenige Herzschläge später glitt der Riesenalp wieder ruhig dahin.

»Was war das?«, keuchte Lya-Numi.

»Ein Scherz.«

»Ein Scherz?« Lya-Numi war fassungslos.

»Rukh macht sich manchmal einen Spaß daraus, ängstlichen Reitern einen Schrecken einzujagen«, erklärte die Hohepriesterin und fügte hinzu: »Ich habe es ihm ausdrücklich verboten, aber er ist sehr eigensinnig. Sieh es ihm nach. Er meint es nicht böse.«

Lya-Numi sagte nichts. Die Furcht, gegen die sie so beharrlich angekämpft hatte, hatte neue Nahrung bekommen und wütete in ihren Eingeweiden. Auch wenn sie die ganze Nacht hindurch fliegen würden, eines war sicher: Sie würde kein Auge zubekommen.

Als sie erwachte, zog der Morgen im Osten herauf. Erschrocken richtete sie sich auf und schlang hastig die Arme um die Hohepriesterin, an deren

Rücken gelehnt sie geschlafen hatte. Das Letzte, an das sie sich erinnerte, war das prächtige Abendrot, das die untergehende Sonne an den westlichen Horizont gezeichnet hatte, und der unglaublich klare Sternenhimmel, der sich wenig später über ihnen gewölbt hatte …

Sie hatte geschlafen! Die ganze Nacht!

»Und du bist nicht hinuntergefallen.« Die Hohepriesterin drehte sich zu ihr um und lächelte. »Wir sind bald am Ziel«, sagte sie. »Da hinten beginnen die Sümpfe von Numark.«

Lya-Numi nahm all ihren Mut zusammen, richtete sich vorsichtig auf und spähte über Gilraens Schulter. Das Bild, das sich ihr bot, zog sie sogleich in den Bann. Im Licht der Morgensonne breiteten sich die Baumkronen der Wälder unter ihnen wie ein endloses grünes Meer aus. Zu ihrer Rechten reckten sich die schneebedeckten Gipfel des Ylmazur-Gebirges viele tausend Längen in die Höhe, während sich der Yunktun weit im Osten wie eine funkelnde Schlange durch die grüne Ebene wand.

Als die Sonne den höchsten Stand erreichte, wurden die Berge flacher und der Wald unter ihnen spärlicher. Das breite Band des Yunktun verzweigte sich und fächerte sich zu einem weitläufigen Delta auf, dessen Arme die Sümpfe von Numark mit Wasser speisten.

Rukh flog nun tiefer und setzte auf einer der letzten Anhöhen vor den Sümpfen zur Landung an. »Das letzte Stück werden wir reiten«, erklärte Gilraen der überraschten Lya-Numi nach der Landung, die wie selbstverständlich davon ausgegangen war, dass der Riesenalp sie bis zum Tempel tragen würde. Mit steifen Gliedern löste sie die Haltegurte, erhob sich und kletterte von Rukhs Rücken.

»In den Sümpfen könnte Rukh nicht wieder aufsteigen«, sagte Gilraen, während sie die Bauchgurte löste und den Sattel vom Rücken des Riesenalps zog. Mit den Worten: »Ich danke dir, mein Freund«, verabschiedete sie sich von dem Riesenalp, strich ihm sanft über das Gefieder und trat dann ein paar Schritte zurück, damit er davonfliegen konnte. Rukh schüttelte sich, begab sich zur Westseite des Hügels, dessen Flanke steil zu einer Senke hin abfiel, und schwang sich mit einem kräftigen Satz in die Lüfte.

»Was wäre unser Land ohne diese klugen Vögel?« Gilraen schaute dem Riesenalp nach. Dann richtete sie das Wort wieder an Lya-Numi. »Und? Wie fühlst du dich?«

»Besser.« Lya-Numi lächelte. »Ihr habt recht. Der Flug ist gar nicht schlimm. Man muss sich nur erst daran gewöhnen.«

Sie gönnten sich eine Rast, während sie auf die Priesterinnen warteten, die ihre Pferde bringen würden. Lya-Numi nutzte die Zeit, um von Gilraen mehr über das Leben im Tempel der Gütigen Göttin und die Pflichten einer Priesterin zu erfahren. Was sie zu hören bekam, war nicht gerade dazu angetan, ihre Begeisterung zu wecken. Als Tochter des Graslands liebte sie die Freiheit und das Ungebundensein. Ein Leben nach strengen Regeln hinter dicken Mauern, wie es die Priesterinnen führten, erschien ihr wie ein Käfig.

Als sich die Sonne dem Horizont zuneigte, tauchte eine Gruppe von sechs Berittenen auf, die in helle Umhänge gekleidet waren. Sie führten den Schimmel der Hohepriesterin und zwei weitere Pferde am Zügel mit sich. Wie auf ein geheimes Kommando hin saßen sie gleichzeitig ab, schlugen die Kapuzen der Umhänge zurück und neigten zum Gruß leicht das Haupt. Die Hohepriesterin nickte ihnen zu, lächelte und wies zwei Elfen an, Rukhs Sattel auf das Packpferd zu laden. Dann gab sie einer jungen Priesterin ein Zeichen, ihnen die Pferde zu bringen.

»Das ist Elwern«, stellte sie Lya-Numi die Priesterin vor. »Sie lebt seit fünf Wintern im Tempel und wird sich deiner annehmen und dich in allem unterweisen, was eine angehende Priesterin wissen muss.«

»Aber ich …« Lya-Numi blinzelte verwirrt. Sie hatte geglaubt, im Tempel an der Seite der Hohepriesterin zu leben. Ein Irrtum, wie sich nun herausstellte.

»Ich weiß, dass du dich noch nicht entschieden hast«, räumte die Hohepriesterin ein, die Lya-Numis Verwirrung diesmal falsch deutete. »Aber gerade deshalb ist es wichtig, dass du teilhast an allem, was das Dasein einer Priesterin ausmacht. Es ist der beste Weg, dir eine eigene Meinung zu bilden. Im Kreis der Novizinnen wirst du mehr über das Leben im Tempel erfahren, als ein Gast es je vermag.« Sie lächelte, ergriff die Zügel ihres Pferdes und saß mit einer ansatzlos geschmeidigen Bewegung auf, die ihr Alter Lügen strafte. »Elwren stammt wie du aus dem Grasland«, sagte sie abschließend. »Ich bin sicher, ihr werdet euch gut verstehen.«

Während sich die acht Reiterinnen ihren Weg durch Dunst und Nebelschwaden bahnten, die sich in der feuchten Abendluft der Sümpfe gebildet hatten, kam die Nacht. Das Licht schwand, und die Umrisse der Bäume waren nur noch schemenhaft zu erkennen.

Auf Lya-Numi wirkten die Sümpfe in der Dämmerung wie ein Geisterwald. Unheimliche Geräusche drangen ihr an die Ohren, die schweren und modrigen Gerüche schienen einer anderen Welt zu entstammen, und die feuchtwarme Luft fühlte sich beim Atmen viel dicker an als daheim.

»Unheimlich?« Lya-Numi blickte sich um und bemerkte, dass Elwren sie aufmerksam musterte. »Als ich zum ersten Mal zum Tempel ritt, wurde es auch gerade dunkel. Ich hatte furchtbare Angst«, gab die junge Priesterin freimütig zu. »Aber keine Sorge, die Sümpfe sind nur gefährlich, wenn man die Pfade nicht kennt. Es mag für dich unglaublich klingen, aber es kann hier richtig schön sein.«

Lya-Numi antwortete nicht. Sie spürte, dass Elwren mit ihr reden wollte, aber ihr war nicht nach einem Gespräch zumute. Sie hatte beschlossen, die Sümpfe nicht zu mögen, und bereute ihre Entscheidung, der Hohepriesterin zu folgen, schon jetzt. Je weiter sie in die Sümpfe vordrangen, desto stärker wurde der Wunsch, auf der Stelle kehrtzumachen und nach Hause zurückzukehren, dorthin, wo die Luft klar und der Himmel weit waren.

»Es ist wirklich schön hier, auch wenn es jetzt nicht so aussieht«, sagte Elwren noch einmal, um

Lya-Numi aufzumuntern. »Du wirst sehen, in ein paar Mondläufen …«

»Ich bin im Tempel nur zu Gast.«

»Oh.« Elwren blinzelte verwirrt, fragte aber nicht weiter nach. Schweigend ritt sie neben Lya-Numi her, während die Dämmerung der Dunkelheit wich, der Nebel sich ein wenig lichtete und die Geräusche im Sumpf allmählich verstummten.

Je dunkler es wurde, desto unbehaglicher fühlte sich Lya-Numi. *Die Sümpfe sind nur gefährlich, wenn man die Pfade nicht kennt*, hatte Elwren gesagt. Daran, dass die Priesterinnen den Pfad zum Tempel kannten, zweifelte Lya-Numi nicht; sie fragte sich aber, wie sie diesen im Dunkeln finden wollten. Die Antwort darauf erhielt sie nur wenige Augenblicke später, als sie in der Ferne eine grünlich golden schimmernde Wolke entdeckte, die sich ihnen mit fließenden Bewegungen näherte.

»Was ist das?«, wandte sie sich an ihre Begleiterin.

»Das sind Leuchtkäfer«, erklärte Elwren. »Die Hohepriesterin hat sie gerufen. Sie werden uns den Weg zum Tempel weisen. Sieh nur!« Sie deutete auf die Wolke, die in diesem Augenblick in Dutzende funkelnde Kugeln zerfiel. Sie ließen sich auf Bäumen und Sträuchern nieder und schufen so eine beleuchtete Gasse, die breit genug war, dass die Gruppe hindurchschreiten konnte. Wenn die letzte Priesterin sie passiert hatte, lösten sich die Käfer von ihren Plätzen und flogen ein Stück voraus, um die nächste Etappe auszuleuchten. Lya-Numi spürte einen leisen Schauer über ihren Rücken laufen. Der Anblick der Elfenpriesterinnen, die im Licht der leuchtenden Käfer schweigend durch die Dunkelheit zogen, berührte etwas in ihr, und sie stellte überrascht fest, dass sie sich in diesem bewegenden Augenblick fast schon wie ein Teil der Gemeinschaft fühlte.

Nein! Energisch schüttelte sie den Kopf und verscheuchte das Gefühl. Sie war Gilraen nicht in die Sümpfe gefolgt, um im Kreis der Priesterinnen aufgenommen zu werden. Der wahre Grund für ihr Einlenken bestand darin, dass sie sich kein vorschnelles Urteil vorwerfen lassen wollte. Und was die anderen nicht wussten: Sie war auch deshalb hier, um Gründe dafür zu suchen, warum sie keine Priesterin werden wollte. Allem Anschein nach dürfte das nicht allzu schwierig werden. Der Gedanke, in diesen feucht-modrigen Gestaden von einem Sonnenaufgang zum nächsten in einen Tempel eingesperrt und mit Pflichten überhäuft zu sein, reichte eigentlich schon aus, um ihre Weigerung zu begründen. Aber Lya-Numi gehörte nicht zu jenen Elfen, die ihr einmal gegebenes Wort brachen. Sie hatte zugesagt, drei Mondläufe im Tempel zu verbringen, und würde sich daran halten, auch wenn sie ihre Entscheidung längst getroffen hatte.

Ein Hornsignal ertönte, der Nebel lichtete sich.

»Wir sind da«, raunte Elwren ihr zu. Lya-Numi reckte sich, um besser sehen zu können, und spürte, wie ihr ein Schauder den Rücken hinunterlief.

Vor ihr lag der aus hellem Stein erbaute Tempel der Gütigen Göttin im silbernen Mondlicht. Das kunstvolle Bauwerk thronte mit seinen Balkonen, Balustraden und Nebengebäuden in der Mitte einer Anhöhe, deren fester Grund sich über dem Sumpf erhob. Die Käfer hatten ihre Plätze wohlgewählt. In feinen schimmernden Linien zeichneten sie die Umrisse des Wegs nach, der zum Tor führte, und leuchteten dabei so hell, dass auch die Bäume und Sträucher rings um den Tempel in ihrem Licht erstrahlten.

»Das ist … wundervoll.« Lya-Numi konnte den Blick nicht von dem Tempel abwenden. Niemals zuvor hatte sie ein so schönes Bauwerk gesehen.

»Ja, der Tempel ist einmalig.« Elwren nickte. »Komm, wir reiten hinüber. Ich glaube, sie haben einen kleinen Empfang für dich vorbereitet.«

»Einen Empfang? Für mich?« Lya-Numi warf der Novizin einen unsicheren Blick zu. »Warum?«

»Es ist lange her, dass Gilraen als erwählte Novizin der Hohepriesterin in den Tempel kam.«

»Aber ich bin doch nur ein Gast ...«

»Ich weiß.« Elwren schaute Lya-Numi von der Seite an und lächelte.

Die feierliche Ankunft im Tempel geriet für Lya-Numi zu einem unvergesslichen Erlebnis. An der Seite der Hohepriesterin betrat sie das höchste Heiligtum der Nebelelfen zum ersten Mal in ihrem Leben und sah sich unvermittelt den mehr als zweihundert Priesterinnen und Novizinnen gegenüber, die sich auf dem weitläufigen Innenhof versammelt hatten, um sie zu begrüßen.

Gilraen machte sie mit einigen Priesterinnen bekannt, wobei sie zu Lya-Numis Erleichterung darauf verzichtete, sie als ihre Nachfolgerin vorzustellen.

Im Schein der Leuchtkäfer, die sich an langen Stangen rings um den Innenhof zu Kugeln zusammengefunden hatten, wurden ihr und den anderen der Gruppe ein kaltes Mahl aus Käse, Brot und Beeren gereicht. Danach machte sich Lya-Numi mit Elwren auf den Weg zum Haus der Novizinnen, um neue Kleider zu erhalten und zu erfahren, wo sie fortan die Nächte verbringen würde.

Die Unterkünfte der Novizinnen lagen in einem
Nebengebäude, ein wenig abseits des Tempels. Im
Gegensatz zu der Pracht, die im Tempel allerorten
anzutreffen war, waren sie so schlicht und schmuck-
los gehalten wie die hellgrauen Gewänder der
Novizinnen, deren einziger Schmuck in einer mit
Silberfäden durchwirkten Kordel bestand, mit der
sie um die Taille geschnürt wurden. Lya-Numi erhielt drei dieser Gewänder, eine gewebte Decke
und ein mit Federn gefülltes Kissen. Obwohl ihr
Bett nicht mehr war als ein Holzgestell, auf dem
ein Strohsack lag, beklagte sie sich nicht. Sie hatte
schließlich nicht vor, lange zu bleiben. Ihr letzter
Gedanke galt Dirair und dem Leben, das sie sich
mit ihm am Graslandsee erträumte. Dann legte sie
sich nieder und schlief auf der Stelle ein.

Ein helles und viel zu lautes Hornsignal riss Lya-
Numi aus dem ersten traumlosen Schlaf, der ihr
seit etlichen Sonnenläufen vergönnt war. Die Novizinnen, die mit ihr den Schlafraum teilten, hal-
fen ihr, sich an ihrem ersten Morgen zurechtzufin-
den. Es war so, wie Gilraen gesagt hatte: Das Leben
der Novizinnen verlief nach einem streng festgelegten Plan. Nach dem Gebet zum Sonnenaufgang, das Lya-Numi nicht mitsprechen konnte,
nahmen sie gemeinsam das Morgenmahl ein. Dann

41

begannen sie mit der Arbeit im Tempel oder in den Gärten oder erhielten Unterricht in verschiedenen Belangen, die eine Priesterin wissen musste. Diese Pflichten blieben Lya-Numi vorerst erspart, denn Elwren erbot sich, ihr den Tempel und die Gärten zu zeigen, damit sie sich auch ohne Hilfe in der ausgedehnten Anlage zurechtfinden konnte.

In den folgenden Sonnenläufen sah und hörte Lya-Numi viele interessante Dinge und erfuhr mehr über das Leben und Wirken der Priesterinnen, als sie es sich jemals hätte vorstellen können. Was ihr im fernen Grasland wie eine geheimnisvolle Welt voller Mysterien erschienen war, entpuppte sich als eine straff geordnete Gemeinschaft mit strengen Regeln, die der in ihrem Heimatdorf nicht ganz unähnlich war. Wie bei den Fischern am See lernten auch bei den Priesterinnen die Jungen das Tagewerk von den Älteren, und wie daheim im Grasland hatte auch hier jede ihre Aufgabe, die sie zu einem Teil der Gemeinschaft machte. Anders als im Grasland aber ließ das streng geregelte Leben zwischen Gebeten, Arbeit, Mahlzeiten und Schlaf den Priesterinnen und Novizinnen keinen Freiraum. Von Sonnenaufgang bis weit nach Sonnenuntergang schien es nichts als Pflichten, Gebete und Rituale zu geben, deren Sinn sich Lya-Numi nicht immer erschloss.

Elwren gab ihr auf alle Fragen geduldig Antwort und nahm auch zu kritischen Anmerkungen gelassen Stellung. Diese Gelassenheit, der freundliche Umgang miteinander und die Geduld, die man ihr gegenüber zeigte, obwohl sie sich oft abweisend verhielt, beeindruckten Lya-Numi. Hatte sie es zunächst darauf zurückgeführt, dass sie ein Gast der Hohepriesterin war, erkannte sie bald, dass dieses Verhalten auch untereinander gepflegt wurde. Streit und Meinungsverschiedenheiten schien es im Tempel nicht zu geben.

All das genügte jedoch nicht, sie umzustimmen. Vor allem abends, wenn sie allein auf ihrem Lager lag, übermannten sie das Heimweh und die Sehnsucht nach Dirair. Ihr Bruder hatte ihr versprochen, die Hohepriesterin sofort mittels Gedankensprache zu unterrichten, wenn es Neuigkeiten von Dirair gäbe, und die Hohepriesterin hatte ihr versichert, ihr diese unverzüglich mitzuteilen. Aber die Sonnenläufe verstrichen, ohne dass die ersehnte Nachricht von Dirairs Heimkehr eintraf, und so blieb Lya-Numi nur die immer schwächer werdende Hoffnung, dass sich ihre Träume doch noch erfüllen würden, während der Kummer, den sie sorgsam vor den anderen verbarg, ihr fast das Herz zerriss und sie sich in den Schlaf weinte.

Nach sieben Sonnenläufen begann Lya-Numi am Leben der Novizinnen teilzuhaben. Gemeinsam mit zehn anderen jungen Elfen, die erst wenige Mondläufe im Tempel weilten, erhielt sie Unterricht im Heilen, in der Kunst des Sehens und anderen Fertigkeiten, die eine Priesterin der Gütigen Göttin erlernen musste, allen voran das Kre-An-Sor, die waffenlose Kampftechnik der Nebelelfen.

Das Kämpfen ohne Waffen weckte von Anfang an Lya-Numis Begeisterung, aber auch das Wissen um die vielen Kräuter und deren Heilkräfte zog sie völlig unerwartet in den Bann. Unter der kundigen Anleitung der Priesterinnen wurde ihr klar, dass mehr in ihr steckte als nur eine Fischerin. Die Kunst des Sehens, das erkannte sie schnell, beinhaltete weit mehr als die Fähigkeit, Träume und Visionen zu unterscheiden und diese zu deuten. Was sie sich in vielen Sommern mühsam erarbeitet hatte, berührte gerade einmal den Rand eines riesigen Feldes, das es noch zu erforschen gab.

Nicht anders war es mit der Heilkunst. Die alte Heilerin in ihrem Heimatdorf war eine kluge Frau, aber nur allzu oft hatte Lya-Numi erlebt, dass auch sie nicht hatte helfen können. Die Priesterinnen hingegen schienen solche Grenzen nicht zu kennen. Sie vermochten sogar dem Tod die Stirn zu bieten …

Zehn Sonnenläufe, nachdem Lya-Numi in den Tempel gekommen war, kam ein Reiter in der Abenddämmerung zum Tempel. Ein Mensch! Das Pferd war am Ende seiner Kräfte. Flockiger Schweiß bedeckte das schwarze Fell, die Augen waren weit aufgerissen, der Atem ging stoßweise.

Der Zustand des Pferdes kümmerte den Mann nicht. Ohne es anzubinden, schwang er sich aus dem Sattel und stürmte in den Garten, wo Lya-Numi und die anderen Novizinnen gerade Kräuter schnitten, aus denen sie am nächsten Tag Heiltränke herstellen sollten.

»Ist eine Heilerin unter euch?«, rief der Mann schon von Weitem. Lya-Numi schaute auf und erkannte, dass er ein Bündel im Arm hielt – ein kleines Kind.

»Ja, ich.« Die Priesterin, die die Novizinnen anleitete, trat vor.

»Ehrwürdige.« Der Mann blieb stehen, neigte kurz das Haupt und kam dann gleich zur Sache. »Bitte helft mir, Ehrwürdige«, sagte er flehend. »Mein Sohn!« Mit einem Kopfnicken deutete er auf das Kind in seinem Arm. »Er hat giftige Beeren gegessen und ringt mit dem Tode.« Er schluchzte auf. »Niemand kann ihm helfen. Ihr … Ihr seid meine letzte Hoffnung. Ich … ich bin …«

45

»Giftige Beeren, sagst du?« Die Priesterin trat näher, schlug die Decke zur Seite, in die der Mann das Kind gewickelt hatte, und schaute dem Knaben in das bleiche Gesicht. »Welche Beeren, wann und wie viele?«

»Diese hier.« Der Mann löste einen Lederbeutel von seinem Gürtel und reichte ihn der Priesterin. »Heute Morgen. Wie viele es waren, weiß ich nicht. Ein halbes Dutzend, vielleicht auch mehr.«

»Blutperlen.« Die Priesterin hatte den Beutel geöffnet und sog scharf die Luft ein. »Schon wenige können tödlich sein. Rasch, leg ihn dort nieder!«, wies sie den Mann an und deutete auf eine Stelle im weichen Gras. »Wir dürfen keine Zeit verlieren.«

»Könnt Ihr ihm helfen?«, fragte der Mann mit bebender Stimme, während er seinen Sohn auf das Gras bettete. Lya-Numi sah, dass er weinte, und spürte Mitleid. Das Gefühl überraschte sie. Menschen und Elfen waren keine Freunde. Seit die Menschen vor einigen hundert Sommern nach Thale gekommen waren, errichteten sie ihre Gehöfte und Dörfer im ganzen Land und beanspruchten immer mehr Gebiete für sich. Die Nebelelfen duldeten die fremde Rasse in ihrem Land, beobachteten die Entwicklung aber mit großer Sorge und wichen wenn möglich in Gebiete aus, wo noch keine Menschen lebten. Im Grasland sprach man in letzter Zeit oft im Zorn von den Menschen, die kamen, um den Nebelelfen ihre Heimat zu rauben.

Es war das erste Mal, dass Lya-Numi einen Angehörigen der fremden Rasse zu Gesicht bekam, aber dieser hier entsprach in seiner aufrichtigen Sorge ganz und gar nicht dem Bild des brutalen Räubers, das man in ihrer Heimat gern von den Menschen zeichnete. Neugierig trat sie näher. Das Kind war noch klein, vermutlich hatte es keine fünf Sommer gesehen. Es war blass und atmete nur schwach. Lya-Numi spürte bereits den Atem des Todes, der von ihm ausging, und fragte sich, wie die Priesterin ihm wohl helfen wolle.

Diese hatte sich ins Gras gekniet. Ihre Hand ruhte sanft auf der Stirn des Jungen. Für einen kurzen Augenblick hielt sie den Blick starr geradeaus gerichtet, dann schloss sie die Augen und versank in eine tiefe Meditation.

»Was tut sie?«, richtete Lya-Numi flüsternd eine Frage an die Novizin, die neben ihr stand.

»Sie versucht das Gift aus dem Körper des Kindes zu ziehen«, gab diese leise Antwort. »Wir nennen es *Überantworten*.«

Lya-Numi hatte das Wort noch nie gehört, fragte aber nicht weiter nach. Sie spürte, dass die Priesterin Ruhe benötigte. Auf keinen Fall wollte sie schuld daran sein, wenn das Überantworten scheiterte und das Kind starb.

Im Kräutergarten herrschte eine gespannte Stille. Alle Blicke waren auf die Priesterin gerichtet, die heftig zu atmen begonnen hatte, aber immer noch unerschütterlich und ruhig dasaß.

»Sie schafft es«, hörte Lya-Numi eine der älteren Schülerinnen murmeln, und eine andere flüsterte: »Die Gütige Göttin stehe ihr bei.« Hoffnung und Sorge lagen bei diesen Worten so dicht beieinander, dass Lya-Numi erschauderte. Die Priesterin atmete nun heftig und zitterte so stark, dass zwei der älteren Novizinnen sie stützen mussten. Schweiß perlte auf ihrer Stirn. Die Augen bewegten sich hinter den Lidern hektisch hin und her. Es war nicht zu übersehen, dass sie litt, aber niemand unterbrach das Ritual, und auch sie selbst löste die Hand nicht von der Stirn des Jungen. Lya-Numi wagte kaum zu atmen. Die Hände zu Fäusten geballt, stand sie da und beobachtete mit wachsendem Entsetzen, wie die Priesterin immer blasser und schwächer wurde. Schließlich hielt sie es nicht mehr aus: »Warum tut ihr denn nichts?«, fragte sie die Novizin neben sich, aber diese schüttelte nur stumm den Kopf und legte mahnend den Finger auf die Lippen.

»Aber die Priesterin …«

»… weiß, was sie tut.« Lya-Numi drehte sich um und sah Elwren, die unbemerkt hinter sie getreten war. »Das Überantworten ist ein gefährliches Ritual«, raunte sie Lya-Numi zu. »Sie weiß um die Gefahr und hätte den Schritt nicht gewagt, wenn sie sich des Erfolgs nicht sicher gewesen wäre.«

»Was ist mit ihr?«, wollte Lya-Numi wissen.

»Sie nimmt das Gift aus dem Körper des Kindes in sich auf«, erklärte Elwren leise. »Sieh nur!«

Als Lya-Numi den Blick wieder auf die Priesterin richtete, glitt deren Hand gerade kraftlos von der Stirn des Jungen, und er schlug die Augen auf. Sein Blick war klar und frei von Fieber. Als er die Gesichter der vielen Novizinnen sah, erschrak er. Seine Lippen bebten und formten leise ein einziges Wort: »V… Vater?«

»Ich bin hier!« Für den Vater gab es kein Halten mehr. Mit einem Aufschrei stürmte er auf seinen Sohn zu und schloss ihn in die Arme. Lya-Numi traute ihren Augen nicht. Der Junge, eben noch todkrank, war gesund. Es war, als hätte er niemals von den giftigen Blutbeeren gegessen.

Die Priesterin hingegen … Lya-Numi stockte der Atem, als sie die bleiche und kraftlose Gestalt ihrer Lehrmeisterin in den Armen der Novizinnen sah. Nun endlich verstand sie, was Elwren gemeint hatte: Das Gift, das den Jungen fast getötet hätte, wütete nun im Körper der Priesterin. Lya-Numi keuchte auf, als sie begriff, welch selbstloses Opfer die Priesterin gebracht hatte, um ein Kind der Menschen zu retten.

Auf der anderen Seite teilte sich die Gruppe der Umstehenden gerade so weit, dass sich eine Gasse bildete. Irgendjemand musste mittels Gedankensprache Hilfe gerufen haben, denn zwei Priesterinnen kamen mit einer Trage herbeigeeilt, betteten die Besinnungslose darauf und brachten sie in den Tempel.

»Wird sie sterben?«, fragte Lya-Numi besorgt.

»Nein.« Elwren schüttelte den Kopf. »Sie wird eine Weile sehr krank sein, aber was zählt das schon, wenn man ein Leben gerettet hat?«

Nur wenige Sonnenläufe nach dem Vorfall im Kräutergarten wurde Lya-Numi zur Hohepriesterin gerufen. Das Herz schlug ihr bis zum Hals, als sie der Bediensteten, die gekommen war, sie zu holen, durch die Gänge und Gärten des Tempels folgte. Nicht einen Augenblick gestattete sie sich, daran zu zweifeln, dass die lang ersehnte Nachricht ihres Bruders endlich eingetroffen war – dass Dirair lebte.

Gilraen erwartete sie in einem der Räume, in dem sie ihre Gäste empfing. Als Lya-Numi eintrat, erhob sich die Hohepriesterin, begrüßte sie und führte sie zu einem mit blauem Samt gepolsterten Stuhl, dessen Holz kunstvoll geschnitzte Efeuranken zierten. Lya-Numi nahm Platz und wartete voller Ungeduld, bis auch Gilraen sich gesetzt hatte. »Gibt es Neuigkeiten von meinem Bruder?«, fragte sie gespannt, auch wenn sie wusste, dass es als unhöflich galt, wenn der Gast zuerst die Stimme erhob.

»Ich habe nichts von ihm gehört.« Gilraen schüttelte bedauernd den Kopf.

»Aber Ihr … Ihr habt nach mir verlangt.« Lya-Numis Stimme drohte vor Enttäuschung zu versagen. Sie war sich so sicher gewesen, endlich Gewissheit zu erlangen. So sicher …

»Ja, das habe ich. Aber aus einem anderen Grund.« Gilraen nickte und fuhr, ohne auf Lya-Numis Enttäuschung einzugehen, in der ihr eigenen, direkten Art fort: »Du bist nun schon einige Sonnenläufe bei uns. Ich möchte wissen, wie es dir hier gefällt.«

Lya-Numi biss sich auf die Unterlippe und versuchte den Sturm von Gefühlen zu bändigen, der hinter ihrer Stirn tobte. Dass ihr Bruder sich nicht gemeldet hatte, hatte nichts zu bedeuten. Gar nichts. Es war besser, keine Nachricht zu erhalten als eine schlechte, versuchte sie sich zu trösten. Und es war das gute Recht der Hohepriesterin, sich nach ihrem Befinden zu erkundigen. Sie hatte gewusst, dass diese Frage irgendwann einmal kommen würde, aber nicht zu diesem frühen Zeitpunkt damit gerechnet. Sie mochte die Sümpfe und die strengen Regeln im Tempel immer noch nicht, aber anders als bei ihrer Ankunft hatte sie inzwischen auch so viel Beeindruckendes erfahren, dass es ihr immer schwerer fiel, das Leben hier rundweg abzulehnen.

Die Freundlichkeit und Hilfsbereitschaft der Priesterinnen schien keine Grenzen zu kennen, wie sie an dem Leid des kleinen Menschenjungen gesehen hatte, und was sie allein in den wenigen Sonnenläufen gelernt hatte, übertraf ihre kühnsten Erwartungen. Tief in sich spürte sie bereits den leisen Wunsch aufkeimen, sich den Priesterinnen anzuschließen, aber ihr Herz war nicht frei, und der Entschluss, ins Grasland zurückzukehren, nach wie vor unumstößlich.

»Alle sind sehr freundlich zu mir«, erklärte sie, nachdem sie sich so weit gefasst hatte, dass ihre Stimme ruhig klang. »Ich habe Freude am Kre-An-Sor und bin beeindruckt von den Möglichkeiten der Heilkunst, die hier im Tempel gelehrt wird. Das alles ist so spannend und neu für mich, dass ich es fast bedauere, nicht länger bleiben zu können. Dennoch werde ich meinen Entschluss, ins Grasland zurückzukehren, nicht ändern. Mein Platz ist, wo meine Wurzeln sind. Bei meiner Familie.« Sie stockte kurz und fügte mit fester Stimme, fast trotzig hinzu, was sie bisher nicht ausgesprochen hatte: »… und bei Dirair, meinem Gefährten.«

Die Hohepriesterin bedachte sie mit einem langen traurigen Blick. Dann seufzte sie und sagte sehr sanft: »Er ist tot, Lya-Numi.«

»Nein!« Die junge Elfe spürte, wie ihr die Zornesröte ins Gesicht schoss. »Nein, das ist er nicht!«, stieß sie heftig atmend hervor. »Er … er lebt. Wer etwas anderes behauptet, der lügt. Dirair ist verschollen, aber er ist nicht tot!«

»Die Wahrheit anzunehmen, besonders wenn sie so tragisch ist, erfordert Mut«, erwiderte die Hohepriesterin ruhig. »Du bist sehr stark in deinem Willen, aber du kannst das, was geschehen ist, nicht ewig verleugnen.«

»Er ist nicht tot, das weiß ich.« Lya-Numi schnappte nach Luft. Dass es seit mehr als zwei Mondläufen kein Lebenszeichen von Dirair gab, konnte viele Gründe haben. An seinen Tod würde sie erst dann glauben, wenn man ihn gefunden hatte. »Er kommt zu mir zurück.«

53

Die Hohepriesterin schüttelte den Kopf und sagte bedauernd: »Es tut mir leid, dir das sagen zu müssen, Lya-Numi, aber du verrennst dich da in etwas. Glaube mir, ich weiß, wie es ist, wenn man sich an eine Hoffnung klammert, die schon längst keine mehr ist. Wenn man die Wahrheit verleugnet, weil man sich vor dem Schmerz fürchtet, den sie mit sich bringt. Aber ich weiß auch, dass es der falsche Weg ist. Die Gütige Göttin fragt nicht, ob es uns recht ist, Abschied zu nehmen. Sie entscheidet. Wir müssen uns damit abfinden und versuchen, die Asche des Vergangenen abzuschütteln, um einen neuen Anfang zu finden.« Sie machte eine kurze Pause und sagte dann mit derselben schonungslosen Offenheit, mit der sie auch schon am Graslandsee zu Lya-Numi gesprochen hatte: »Er ist tot, meine Tochter. Die Zukunft, von der du träumst, wird es niemals geben.«

»Das sagt Ihr nur, weil Ihr wollt, dass ich hierbleibe«, stieß Lya-Numi mühsam beherrscht hervor. »Oder habt Ihr doch eine Nachricht von meinem Bruder erhalten?«

»Nein, ich habe keine Nachricht erhalten. Ich sage das, weil ich nicht länger mit ansehen kann, wie du dich quälst.« Die Hohepriesterin ließ sich nicht aus der Ruhe bringen. »Unerfüllbare Sehnsüchte machen krank. Nur wer den Mut hat, sich der Trauer zu stellen und sie auszuhalten, ist bereit für ein neues, ein freies Leben.« Sie seufzte, nickte dann und fuhr etwas sanfter fort: »Natürlich möchte ich, dass du bleibst. Es wäre gelogen, wenn ich etwas anderes behaupten würde. Aber ich sehe mit großem Bedauern, dass du nicht fähig bist, frei zu entscheiden, solange dein Herz im Grasland weilt.«

Lya-Numi biss sich auf die Unterlippe, senkte den Blick und schwieg. Sie wusste, dass sie etwas erwidern musste, fühlte sich der erfahrenen Hohepriesterin aber nicht gewachsen. Für alle, die nicht betroffen waren, war es so einfach. Auch ihre Mutter hatte sie immer wieder beschworen, vernünftig zu sein und den Tatsachen ins Auge zu blicken. »Sieh nach vorn, Kind, und nicht zurück«, hatte sie gesagt. Lya-Numi aber hatte nur auf ihr Herz gehört und sich aller Vernunft verschlossen. Als der Suchtrupp Dirairs getötete Freunde ins Dorf gebracht hatte, hatte sie die Trauer und den Schmerz der Angehörigen eifersüchtig, aber auch erleichtert beobachtet. Einerseits war sie froh gewesen, noch hoffen zu dürfen, andererseits hatte sie die Ungewissheit mit jedem Sonnenlauf, der verstrich, mehr und mehr als Last empfunden und sich nichts sehnlicher gewünscht, als endlich die Wahrheit zu kennen.

»Nicht die Hoffnung ist es, die mich quält«, räumte sie ein, nachdem sie eine Weile geschwiegen hatte. »Es ist die Ungewissheit. Solange diese nicht ausgeräumt ist, ist es grausam, mir die Hoffnung zu nehmen.«

»Du suchst Beweise?«

»Ja.« Lya-Numi nickte.

»Hilft es dir, wenn ich dir sage, dass ich in einer Vision gesehen habe, was geschah?«, fragte Gilraen.

»Nein.« Lya-Numi schüttelte den Kopf. »Solche Visionen hatte ich im Grasland auch. Immer und immer wieder sah ich im Traum, wie Dirair mit seinem Speer gegen einen Quarlin kämpfte – und verlor. Aber das hat nichts zu bedeuten. Ich weiß, dass Visionen sich leicht von unseren Sorgen, Nöten und Wünschen beeinflussen lassen. Wenn wir nach etwas suchen, zeigen sie uns oft nur das, was wir sehen wollen oder befürchten. Nicht, was wirklich geschah.«

»Für eine Novizin, die ihre Gefühle noch nicht zu zähmen gelernt hat, mag das zutreffen. Eine erfahrene Priesterin hingegen weiß das zu umgehen«, sagte die Hohepriesterin. »Aber ich verstehe dein Misstrauen und möchte dich nicht weiter quälen. Du hast dich entschieden, zu hoffen und zu warten. Das ist dein gutes Recht, und ich will dich nicht weiter bedrängen. Nur eines möchte ich noch von dir wissen.«

»Was?«

»Würdest du hier im Tempel leben wollen, wenn Dirair nicht zurückkehrt?«

Lya-Numi erschauerte. Der Blick, mit dem die Hohepriesterin sie musterte, schien ihr bis auf den Grund der Seele zu reichen. Sie fühlte sich nackt und ausgeliefert und spürte, dass Gilraen die Antwort längst kannte. Selbst wenn sie gewollt hätte, sie hätte nicht lügen können.

»Wenn Dirair nicht mehr lebt, gibt es nichts, das mich im Grasland hält«, antwortete sie ehrlich.

»Nichts?« Die Hohepriesterin zog erstaunt eine Augenbraue in die Höhe. »Was ist mit deiner Familie?«

»Sie ist nicht von Belang. Versteht mich nicht falsch. Ich liebe meine Eltern und meinen Bruder, aber ich würde mir von ihnen nie vorschreiben lassen, was ich zu tun habe.«

»Das klang vor ein paar Sonnenläufen aber noch ganz anders. Damals sagtest du, es sei dir bestimmt, die Tradition deiner Familie fortzuführen und Fischerin zu werden.«

»Ich weiß.« Lya-Numi senkte beschämt den Blick. »Verzeiht. Es … es war nicht gelogen, aber

57

es ist auch nicht so unumstößlich, wie es sich vielleicht angehört haben mag. Für mich war es ein willkommener Vorwand, weil ich Euch nichts von meiner Sorge um Dirair erzählen wollte.«

»Verstehe.« Die Hohepriesterin nickte bedächtig. Sie schien kurz etwas zu überlegen und fragte dann: »Wenn ich dir einen Weg weisen würde, der es dir ermöglicht, Gewissheit über Dirairs Schicksal zu erlangen, würdest du ihn annehmen?«

»Ja. Im Namen der Gütigen Göttin – ja.«

»Auch wenn die Gefahr besteht, dass die Antwort nicht so ausfällt, wie du es dir erhoffst?« Die Hohepriesterin ließ Lya-Numi nicht aus den Augen.

»Auch dann.« Lya-Numi hielt dem Blick stand, ohne mit der Wimper zu zucken. Sie wollte stark sein, fügte dann aber doch leise hinzu: »Alles ist besser als diese furchtbare Ungewissheit.«

Die Hohepriesterin nickte schweigend. Sie schien mit dem Verlauf des Gesprächs zufrieden zu sein. Lya-Numi nicht. »Und?«, fragte sie, als Gilraen nicht von sich aus zu sprechen begann. »Kennt Ihr denn einen Weg, die Wahrheit zu erfahren?«

»Es gibt einen«, erwiderte die Hohepriesterin ausweichend. »Ich werde tun, was in meiner Macht steht, aber ich kann dir nichts versprechen.«

Sie erhob sich und deutete zur Tür. »Es ist besser, wenn du jetzt gehst«, sagte sie abschließend. »Ich werde sehen, was ich für dich – und für die Gemeinschaft der Priesterinnen – tun kann.«

»Aber …?« Lya-Numi machte keine Anstalten, der Aufforderung nachzukommen. Die Hohepriesterin hatte sie neugierig gemacht, und sie wollte mehr erfahren.

»Kein Aber.« Gilraen schüttelte den Kopf. »Ich werde dich rufen lassen, wenn ich mehr weiß. Jetzt ist es dafür noch zu früh.«

Die Priesterin

»Jetzt versuche du es.« Elwren blickte Lya-Numi aufmunternd an. Mehr als zehn Sonnenläufe waren vergangen, seit die Hohepriesterin Lya-Numi zu sich gerufen hatte. Weder war eine Nachricht von ihrem Bruder eingetroffen, noch hatte Gilraen ihr Versprechen eingelöst, Lya-Numi erneut zu sich zu rufen. Dass Lya-Numi dennoch nicht die Geduld verlor, lag daran, dass die Priesterinnen begonnen hatten, sie in der Gedankensprache zu unterrichten, obwohl sie das vorbestimmte Alter noch nicht erreicht hatte.

Die Aussicht, endlich an dem teilzuhaben, was ihr seit mehr als zweihundert Sommern verwehrt war, begeisterte Lya-Numi, aber mehr noch spornte sie die Aussicht an, endlich selbst auf diese Weise nach Dirair suchen zu können.

Wann immer sie Zeit fand, traf sie sich mit Elwren, die ihr inzwischen zu einer Freundin geworden war, um das Erlernte zu vertiefen und sich im Umgang mit der Sprache ohne Worte zu üben.

Die ersten Übungen mit anderen Novizinnen waren eine eigentümliche Erfahrung gewesen. Obwohl die Priesterinnen ihnen die ersten Schritte geduldig erklärt hatten, waren die Versuche, einander anzusprechen, kläglich gescheitert. Lya-Numi war nicht die Einzige gewesen, die sich am Ende der Lektionen für gänzlich ungeeignet gehalten hatte, die Gedankensprache zu erlernen. Erst seit Elwren sich ihrer angenommen hatte und die Übungen mit ihr wiederholte, stellten sich zaghafte Erfolge ein.

Als sie Elwrens Stimme zum ersten Mal in Gedanken gehört hatte, war Lya-Numi überglücklich gewesen. Nun galt es, auch in Elwrens Gedanken Worte zu erzeugen, aber das war ihr bisher noch nicht gelungen. Wie die Priesterinnen es sie gelehrt hatten, suchte sie zunächst den Blickkontakt zu ihrer Freundin, konzentrierte sich und formte dann in Gedanken ihren Namen: *Elwren.*

»Und?«, erwartungsvoll schaute sie ihr Gegenüber an.

»Nichts.« Elwren schüttelte den Kopf. »Versuch es noch einmal.«

Elwren!

»Jetzt?«

»Nein.« Elwren strich Lya-Numi tröstend über den Arm. »Sei nicht traurig. Das wird schon noch. Um die Gedankensprache wirklich zu beherrschen, braucht es viele Mondläufe.«

»Aber so viel Zeit habe ich nicht.« Lya-Numi seufzte. »Du weißt doch …«

»Ja, ich weiß. Du hast es eilig.« Elwren lächelte. »Aber du kannst es nicht erzwingen. Wenn du dich zu sehr antreibst, schadest du dir nur. Dann dauert alles viel länger, glaub mir.«

Lya-Numi senkte den Blick und ließ die Schultern hängen. Nach dem ersten Erfolg hatte sie geglaubt, dass nun alles einfacher würde. Aber sie hatte sich getäuscht. Das Hören und Sprechen in Gedanken waren zwei ganz unterschiedliche Dinge. Nur weil sie Elwren gehört hatte, konnte sie noch lange nicht selbst jemanden rufen.

»Du hast recht«, sagte sie niedergeschlagen. »Vielleicht verlange ich wirklich zu viel.« Sie blickte die Freundin an. »Einen Versuch noch?«

»Meinetwegen auch zwei oder drei.« Elwren lachte. »Dein Ehrgeiz ist wirklich bemerkenswert.«

Lya-Numi erwiderte nichts. Wieder sah sie Elwren an, schloss dann aber die Augen und ließ vor ihrem geistigen Auge das Bild ihrer Freundin entstehen, wie sie ihr gegenübersaß. Dann nannte sie noch einmal ihren Namen: *Elwren*.

Ich höre dich!

Lya-Numi zuckte zusammen. Die Antwort kam so unerwartet, dass der Kontakt abbrach. Sie riss die

Augen auf und starrte Elwren an. »Du … du hast mich gehört?«, flüsterte sie, als könne ein zu lautes Wort diesen besonderen Augenblick zerstören.

»Ja.« Elwren nickte. »Sehr leise zwar, aber ich habe dich gehört.«

»Wunderbar!« Lya-Numi strahlte. »Lass es uns gleich noch einmal versuchen.«

»Später – vielleicht.« Elwren deutete mit einem Kopfnicken auf einen Punkt hinter Lya-Numi. Als diese sich umdrehte, sah sie die Bedienstete der Hohepriesterin auf sich zueilen. Die junge Elfe trat näher, blieb stehen, neigte das Haupt leicht zum Gruß und sagte dann, an Lya-Numi gewandt: »Gilraen schickt mich, dich zu holen. Folge mir, sie erwartet dich.«

Lya-Numi schlug das Herz bis zum Hals, so aufgeregt war sie. Sie war nicht sicher, was die Hohepriesterin ihr mitzuteilen hatte, aber ganz gleich, ob nun eine Botschaft ihres Bruders eingetroffen war oder ob Gilraen ihr Versprechen wahr machte und ihr einen Weg zeigte, um Dirairs Schicksal zu klären, sie brannte darauf, es zu erfahren. »Ich muss gehen«, wandte sie sich mit geröteten Wangen an Elwren.

Die Freundin lächelte ihr aufmunternd zu. »Ja, geh nur«, sagte sie. »Ich wünsche dir, dass du findest, was immer du dir erhoffst.«

Zum zweiten Mal folgte Lya-Numi der Bediensteten durch die ausgedehnte Tempelanlage. Die junge Nebelelfe bewegte sich im gemessenen Schritt, der allen im Tempel gemein war. Für Lya-Numi war das viel zu langsam. Sie kannte den Weg noch von ihrem letzten Besuch und musste sich sehr zurücknehmen, um die Bedienstete nicht zu überholen.

Wenig später fand sie sich in demselben Zimmer wieder, in dem Gilraen sie schon einmal empfangen hatte. Und wie beim ersten Mal erwartete die Hohepriesterin sie bereits. Fast hätte Lya-Numi in der Aufregung den Gruß vergessen, aber sie besann sich gerade noch. Höflich sprach sie die rituellen Worte und wartete voller Ungeduld, bis die Bedienstete gegangen war.

»Ich spüre deine Unruhe«, hob Gilraen einleitend an, als sich die Tür hinter der Nebelelfe geschlossen hatte. »Und ich kann dich gut verstehen. Viele Sonnenläufe sind vergangen, seit wir uns das letzte Mal gesehen haben. Und wie bei deinem vorigen Besuch muss ich dir auch diesmal mitteilen, dass dein Bruder mir keine Botschaft hat zukommen lassen.«

»Das … habe ich schon befürchtet.« Lya-Numi nickte. Sie hatte viel Zeit zum Nachdenken gehabt und machte sich nichts vor. Je mehr Zeit verstrich, desto geringer wurden die Aussichten, dass Dirair noch am Leben war. Sich das einzugestehen, war schmerzlich gewesen. Ein Teil von ihr klammerte sich aber immer noch an die Hoffnung, dass ein Wunder geschehen könnte und verhinderte, dass Kummer und Trauer fortan ihr Leben bestimmten. »Dann habt Ihr eine Möglichkeit oder einen Weg gefunden, wie ich etwas über Dirairs Schicksal erfahren kann?«

»Ja, das habe ich.«

»Wirklich?« Lya-Numi hielt es nicht länger auf dem Stuhl. »Was muss ich tun?«, fragte sie voller Tatendrang. »Ich … ich würde alles tun. Alles!«

»Gemach, gemach.« Die Hohepriesterin schüttelte den Kopf und bedeutete Lya-Numi, sich wieder hinzusetzen. »Es ist noch lange nicht so weit. Um den Weg zu beschreiten, müssen wir den Tempel und die Sümpfe verlassen.«

»Worauf warten wir dann noch? Ich hole nur schnell meine Sachen.« Lya-Numi wollte erneut aufspringen, unterdrückte den Impuls aber im letzten Augenblick.

»Das ist nicht nötig.« Gilraen schüttelte den Kopf. »Es ist alles vorbereitet. Wenn du einverstanden bist, können wir sofort aufbrechen.«

Als Lya-Numi an der Seite der Hohepriesterin den Tempel verließ, standen bereits zwei Priesterinnen und fünf Pferde bereit, um sie auf ihrem Weg durch die Sümpfe zu begleiten. Die Sonne strahlte hoch am Himmel. Es war warm, und das Dickicht der Sümpfe jenseits der Tempelanlage war erfüllt von Leben. Zum ersten Mal spürte Lya-Numi, was Elwren gemeint hatte, als sie bei ihrer Ankunft von der Schönheit der Sümpfe von Numark gesprochen hatte.

Staunend betrachtete sie das urwüchsige Dickicht mit seinen fremdartigen Bäumen und Sträuchern und den vielen Blüten in ihren leuchtenden Farben. Ihr lieblicher Duft überdeckte den modrigen Geruch des immerfeuchten Bodens, der ihr in der Nacht ihrer Ankunft so unangenehm aufgefallen war. Ihr Blick streifte einen riesigen Busch, der so übervoll war mit scharlachroten Blüten, dass es im Sonnenlicht so aussah, als stünde er in Flammen. Andere Pflanzen waren eher klein und wuchsen auf bemoosten Stämmen, die halb im feuchten Erdreich versunken waren. Ihre Blüten aber waren nicht minder prächtig anzusehen; wie Juwelen leuchteten sie im schattigen Unterholz. Im Sumpf gab es eine Vielfalt an Pflanzen, die in der kargen Steppe ihresgleichen suchte und die so viele Insekten und Vögel beherbergte, dass es Lya-Numi unmöglich war, all die Gesänge und Geräusche zu unterscheiden.

Hinter der Hohepriesterin, die die Gruppe anführte, ritt sie langsam auf den verschlungenen und oft nur zu erahnenden Pfaden, die den Hufen der Pferde einen festen Untergrund boten. Wieder musste sie ihre Ungeduld zähmen, aber diesmal fiel es ihr leichter, weil sie bei jedem Schritt das Gefühl hatte, dem Ziel etwas näher zu kommen. Der Ritt durch den Sumpf schien ihr wesentlich länger zu dauern als bei ihrer Ankunft, und sie vermutete, dass Gilraen diesmal einen anderen Weg gewählt hatte. Als der Abend nahte, lockerte sich das Dickicht am Wegrand zusehends auf und blieb schließlich ganz hinter ihnen zurück, während sich vor ihnen eine flache Hügellandschaft erstreckte, über der in der Ferne die schneebedeckten Gipfel des Ylmazur-Gebirges im Schein der sinkenden Sonne erglühten.

Lya-Numi erkannte den Hügel, auf dem Rukh etliche Sonnenläufe zuvor gelandet war, erst wieder, als sie ihn schon erklommen hatten.

»Wir sind da!« Die Hohepriesterin stieg vom Pferd, bedeutete Lya-Numi, es ihr gleichzutun, und wartete, bis die Priesterinnen das Gepäck abgeladen hatten. Dann verabschiedete sie sich liebevoll von ihrem Schimmel und reichte den beiden

Priesterinnen die Zügel mit den Worten: »Gebt gut auf ihn acht.«

Die Priesterinnen verneigten sich und machten sich mit den Pferden unverzüglich auf den Heimweg. Als die beiden nicht mehr zu sehen waren, öffnete die Hohepriesterin die mitgeführten Bündel und reichte Lya-Numi einen dicken pelzgefütterten Mantel, eine warme Hose aus Steppenbüffelleder und mit weichem Fell gefütterte Stiefel, die Lya-Numi im Grasland nur im tiefsten Winter getragen hatte. Lya-Numi hielt es für einen Scherz. »Soll ich das anziehen?«, fragte sie lachend. »Aber es ist doch Sommer.«

»Nicht dort, wo wir hinreisen werden.« Das Gesicht der Hohepriesterin zeigte keine Regung. Als Lya-Numi sah, dass auch für Gilraen warme Kleidung in dem Bündel bereitlag, fragte sie nicht weiter nach. Gehorsam zog sie die Sachen über.

Rukh landete in ebendem Augenblick, da sie beide fertig angekleidet waren. Lya-Numi war nicht überrascht, ihn zu sehen, denn das Packpferd hatte unverkennbar Rukhs Sattel getragen. Obwohl Gilraen mit keinem Wort erwähnt hatte, dass sie fliegen würden, war Lya-Numi wie selbstverständlich davon ausgegangen, dass sie den Rest des Weges auf dem Rücken des Riesenalps zurücklegen würden. Sie wollte der Hohepriesterin mit dem Sattel helfen, aber diese winkte ab. »Rukh ist etwas eigen«, sagte sie. »Er lässt sich nur von mir satteln. Gedulde dich einen Augenblick. Ich rufe dich, wenn alles bereit ist.«

Während Lya-Numi wartete, versank die Sonne im Westen als glutrote Scheibe hinter dem Horizont. Von dem Hügel aus war es ein atemberaubendes Schauspiel, das den Himmel in allen Rottönen entflammte. Der feurige Schein brach sich an den Schneeflächen des Ylmazur-Gebirges und ließ die Hänge wie Feuer erglühen, während in den tiefer gelegenen Tälern schon die Schatten der Nacht Einzug hielten.

Lya-Numi!

Die junge Elfe zuckte zusammen, als sie ihren Namen hörte. Sie war so in das Farbenspiel vertieft, dass sie alles um sich herum für einen Moment vergessen hatte. Unverzüglich wandte sie sich um und eilte zur Hohepriesterin, die schon im Sattel saß und sie lächelnd erwartete. »Du lernst wirklich sehr schnell«, sagte sie. »Ich bin beeindruckt.«

»Wie … wie meint Ihr das?« Lya-Numi blieb stehen und schaute Gilraen verwundert an.

»Ehrlich.« Die Hohepriesterin lachte und deutete auf den freien Platz in ihrem Rücken. »Komm herauf und setz dich. Wir haben noch einen weiten Flug vor uns.«

Lya-Numi runzelte die Stirn und tat, wie ihr geheißen. Nach den Erlebnissen aus dem Grasland fürchtete sie sich ein wenig vor dem Abflug, aber diesmal schien Rukh nicht darauf aus zu sein, sie zu ängstigen. Er trat an die Kante, breitete die Flügel aus und stieß sich so kräftig vom Boden ab, dass ihm zwei Schläge mit den mächtigen Schwingen genügten, um den Aufwind zu finden, der vom warmen Boden kommend den Steilhang hinaufstieg. In weiten Kreisen gleitend, gewann er an Höhe. Und während Lya-Numi noch ihre Gedanken darauf verwendete, warum die Hohepriesterin sich von ihr beeindruckt gezeigt hatte, trug Rukh sie hinauf in den Sonnenschein und ließ den Hügel und die Sümpfe von Numark weit unter sich zurück.

Mit kräftigem Flügelschlag brachte der Riesenalp seine Reiterinnen in die Berge und weiter zu den höchsten Gipfeln des Ylmazur-Gebirges. Die Yunktun-Ebene mit ihren ausgedehnten Wiesen und den Wäldern von Daran blieb weit unter ihnen zurück; ein grüner Flickenteppich, durchwirkt von einem schillernden Silberfaden, der den Flusslauf kennzeichnete. Bald tauchten sie in die Wolken-

decke ein, die sich am Abend zwischen den Fels-
wänden bildete. Doch ehe Lya-Numi die feuchte
Kälte auf der Haut richtig spürte, durchbrach der
Riesenalp die Wolken wieder, um den Flug im
Licht der letzten Sonnenstrahlen jenseits der Wolken fortzusetzen. Der Anblick, der sich Lya-Numi
bot, war atemberaubend. Rotgoldenes Sonnenlicht setzte die schneebedeckten Gipfel in Flammen und ließ die Gletscher in den Tälern wie
flüssiges Gold erscheinen.

Und weiter ging es hinauf, so hoch, dass Lya-
Numi in der dünnen Luft Schwierigkeiten mit
dem Atmen hatte. Das Gefühl ängstigte sie. Weil
aber die Hohepriesterin keine Schwäche zeigte,
riss sie sich zusammen und versuchte sich selbst
zu beruhigen, indem sie sich sagte, dass Gilraen
sie gewiss nicht in Gefahr bringen würde. Nun
war sie froh über jedes Kleidungsstück, das ihren
Körper vor der beißenden Kälte schützte, die hier
oben herrschte. In der mit weichen Federn gefüll-
ten Mulde zwischen den Flügeln des Riesenalps
war es zudem angenehm warm, und Rukhs breiter
Nacken hielt den schneidenden Wind ab. Obwohl
im Westen noch die Reste des Sonnenuntergangs
am Himmel zu sehen waren, wurde sie schläf-
rig. Ihre Gedanken flossen träge, die Augen fielen
ihr zu, und nach einigen vergeblichen Versuchen,

sie offen zu halten, lehnte sie sich an Gilraens Rücken und überließ sich dem Schlaf.

Als sie erwachte, zog im Osten der Morgen herauf. Sonnenstrahlen strichen sanft über ihr Gesicht, während das Land unter ihr noch in tiefe Schatten gehüllt lag. Rukh flog etwas tiefer, und Lya-Numi stellte erleichtert fest, dass sie wieder besser atmen konnte. Die schroffen Felsformationen des Ylmazur-Gebirges mit ihren Gipfeln, Graten und Schneefeldern schienen zum Greifen nah, und als die Sonne höher stieg, erstrahlten die schneebedeckten Hänge so gleißend hell, dass Lya-Numi geblendet die Augen schloss.

Rukh nutzte die Aufwinde, die die Sonne in den Tälern weckte, geschickt aus. Mit Leichtigkeit glitt er durch Täler und Felseinschnitte, überwand Grate, umrundete Felsnadeln und schien dabei einem genau festgelegten Kurs zu folgen.

Der berauschende Flug und die Schönheit der Landschaft zogen Lya-Numi in den Bann, und sie wünschte, ewig so weiterfliegen zu können. Von der Furcht, die sie noch auf ihrem ersten Flug zum Tempel gespürte hatte, war nichts zu spüren, dennoch blieb ihr Hochgefühl nicht ungetrübt. Ein quälender Hunger wütete in ihr, und ihre Muskeln protestierten schmerzhaft gegen das lange Sitzen.

Immer wieder musste sie die Haltung ändern, um das Gewicht ein wenig zu verlagern.

Gilraen entging ihre Unruhe nicht.

Hab Geduld. Es ist nicht mehr weit, hörte Lya-Numi die Stimme der Hohepriesterin in ihren Gedanken und hätte es fast so selbstverständlich hingenommen wie am Abend zuvor, als ihr plötzlich die Bedeutung der wenigen Worte bewusst wurde.

Ich höre sie! Die Erkenntnis übermannte Lya-Numi wie eine Sturmböe und raubte ihr für einen Moment den Atem. Die Hohepriesterin hatte sie in Gedanken angesprochen, und sie hatte es so mühelos verstanden, als ob sie die Worte laut gesagt hätte. Ein heißes Glücksgefühl durchströmte sie, als sie erkannte, was das bedeutete. Und endlich wusste sie auch, was Gilraen gemeint hatte, als sie unmittelbar vor dem Abflug gesagt hatte, sie sei beeindruckt.

Der Erfolg machte Lya-Numi Mut. Sie schloss die Augen und erschuf im Geiste das Bild der Hohepriesterin, wie sie auf dem Rücken des Riesenalps saß. Dann sandte sie ihr einen Gedanken:

Ehrwürdige?

Ich höre dich, meine Tochter.

Wirklich?

So wirklich, wie ich auch Rukhs Stimme vernehme.

Das ... das ist unglaublich.

Es klappte. Sie beherrschte die Gedankensprache! Lya-Numi spürte, wie ihr vor Glück Tränen in die Augen stiegen. Hastig schluckte sie dagegen an, weil sie fürchtete, die Gedankenverbindung könne unter dem Ansturm der Gefühle getrennt werden.

Du wirst bald lernen, deine Gefühle von den Gedanken zu trennen, hörte sie Gilraen sagen. *Der erste Schritt ist getan. Nun heißt es üben.*

Keine Sorge, das werde ich, erwiderte Lya-Numi so entschlossen, als sei es ein Schwur. Und fügte im Stillen hinzu: Es gibt so vieles, das ich noch lernen möchte.

Das ist gut. Lya-Numi sah, dass die Hohepriesterin nickte. *Aber das hat Zeit, bis wir zurück sind. Wir sind da. Dort unten ist der Felsvorsprung, auf dem wir landen werden.*

Ein Felsvorsprung? Nur mit Mühe gelang es Lya-Numi, sich ihre Enttäuschung nicht anmerken zu lassen. Sie hatte den Flug mit hohen Erwartungen angetreten. Ohne dass sie es sich eingestanden hatte, hatte sie vermutet, an einen verwunschenen Ort der Götter oder Geister zu reisen, dem ein mächtiger Zauber innewohnte. Zu einem Palast oder Tempel inmitten der Berge. Zu einem Altar zu Ehren der Gütigen Göttin oder zumindest zu einer Höhle, in deren Tiefe sich große Geheimnisse verbargen. Dass ihr Ziel ein karger Felsvorsprung sein könnte, daran hatte sie nicht einen Gedanken verschwendet.

Und doch war es so.

Das Plateau, auf dem Rukh zur Landung ansetzte, entwuchs der Westflanke eines zerklüfteten Kamms, der Lya-Numi mit seinen spitzen und aufrecht stehenden Zacken an den Rücken einer schlafenden Echse erinnerte. Der Wind hatte den Schnee fortgefegt. Das aschgraue Gestein lag noch im Schatten und wirkte wenig einladend.

Rukhs harte Krallen erzeugten auf dem Fels ein schabendes Geräusch, das Lya-Numi einen Schauder über den Rücken jagte. Aber auch der eisige Wind, der wild und ungestüm über das Plateau pfiff, trug seinen Teil dazu bei, sie frösteln zu lassen.

»Was wollen wir hier?«, fragte sie die Hohepriesterin, ohne sich die Mühe zu machen, ihren Unmut zu verbergen. Was immer sie am Ende der Reise vorzufinden erwartet hatte – das hier war es gewiss nicht. Das karge Plateau bot dem Auge keine Abwechslung, und es war nicht zu erwarten, dass sich außer ihnen noch jemand in dieser unwirtlichen Gegend aus Fels und Schnee aufhielt.

»Hab Geduld.« Die Hohepriesterin drehte sich zu ihr um und lächelte. »Du wirst es bald erfahren. Zuvor aber wollen wir rasten und reden.«

Im Windschatten von Rukhs massigem Körper und eingebettet in sein wärmendes Federkleid, verzehrten die beiden Nebelelfen eine kalte Morgenmahlzeit aus Käse, Obst und Brot und sandten der Gütigen Göttin im rituellen Morgengebet einen Gruß. Ein zweites Gebet galt ihrer Reise. Sie baten um gutes Gelingen und darum, dass das schöne Wetter anhalten möge. Lya-Numi fügte den Wünschen in Gedanken noch eine Fürbitte hinzu, in der sie darum bat, Dirair bald wohlbehalten wiederzusehen, in der Hoffnung, dass sie erhört werden möge.

Die Sonne stieg höher, überwand den Kamm und spendete ihnen etwas Wärme, die auch Rukh genoss, obwohl er in diesen eisigen Gefilden zu Hause war. Anders als in den Sümpfen flog er nicht fort, sondern setzte sich auf den Felsen. Lya-Numi sah, dass er die Augen geschlossen hatte und schlief. »Er bleibt, um uns zu wärmen und zu beschützen«, erklärte Gilraen ungefragt und machte einmal mehr deutlich, dass sie in Lya-Numis Gedanken las wie in einem offenen Buch. »Hier oben kann man nie wissen.«

»Müssen wir denn noch lange warten?«, wollte Lya-Numi wissen.

»Bis zum Abend. Vielleicht auch noch darüber hinaus.«

»So lange?« Lya-Numi seufzte. »Das muss ja wirklich etwas ganz Besonderes sein.«

»Ja, das ist es.« Gilraen nickte und wechselte völlig unerwartet das Thema, indem sie fragte: »Was hältst du von den Menschen?«

»Von den Menschen?« Lya-Numi zögerte. Was sollte sie antworten? Das, was alle in ihrem Heimatdorf sagten? Dass die Menschen selbstherrlich und rücksichtslos waren? Eindringlinge, die das Volk der Nebelelfen mehr und mehr ihrer Heimat beraubten?

Nach allem, was sie im Tempel erlebt hatte, wusste sie, dass dies nicht die Antworten waren, die Gilraen hören wollte. Anders als im Grasland schienen sich die Priesterinnen im Tempel mit der Ausbreitung der neuen Rasse abgefunden zu haben und standen den Menschen freundschaftlich gegenüber. »Ich … bin noch zu wenigen Menschen begegnet, um mir eine Meinung bilden zu können«, antwortete sie schließlich ausweichend. »Es wäre nicht recht, einfach nur das weiterzugeben, was man im Grasland über sie sagt.«

»Und was sagt man dort?«

»Dass die Menschen in Thale nicht willkommen sind. Die meisten Elfen des Sees wünschen sich, dass sie dorthin zurückkehren, woher sie gekommen sind.«

Die Hohepriesterin nickte bedächtig: »Das habe ich auch schon gehört«, sagte sie. »Aber es wird nicht geschehen. Die Menschen werden nicht zurückgehen. Die Ersten, die hier siedelten, waren Flüchtlinge wie einst auch unsere Ahnen. Und wie unsere Ahnen wollen auch die Menschen nicht zu ihrem früheren Leben zurückkehren. Es ist wie mit den Weidenstöcken, die wir Priesterinnen abschneiden und in unserem Garten in die Erde stecken. Wie sie haben auch die Menschen hier Wurzeln geschlagen. Sie sind eine kurzlebige Rasse, die uns besitzergreifend und wenig vorausschauend erscheinen mag. Aber wir dürfen nicht außer Acht lassen, dass in ihnen auch viel Gutes steckt. Das zu erkennen und zum Wohle beider Völker zu nutzen, wird die große Herausforderung sein, der sich die künftige Hohepriesterin von Thale wird stellen müssen.«

»Sprecht … Ihr von mir?«, fragte Lya-Numi gedehnt.

»Von dir oder einer anderen, die ich erwählen werde, wenn du dich dagegen entscheiden solltest.« Weder Vorwürfe noch Bitternis schwangen

79

in der Stimme der Hohepriesterin mit. Sie lächelte.
»Aber darüber reden wir morgen.«

Die Sonne stieg höher, überwand den Zenit und
ließ schließlich erneut ein farbenprächtiges Abendrot über den Bergen erstrahlen. Lya-Numi hatte
mit Gilraen geredet und gar nicht bemerkt, wie
schnell die Zeit verging. Sie hatte so viele Fragen,
und die Hohepriesterin hatte alle geduldig be-
antwortet. Hier oben in der Abgeschiedenheit des
Ylmazur-Gebirges gab es nur sie beide, und sie
kamen einander so nah, wie es im Tempel niemals
möglich gewesen wäre. Lya-Numi war überrascht,
wie offen die Hohepriesterin zu ihr sprach, und wie
selbstverständlich gab auch sie vieles von sich preis,
das sie an einem anderen Ort und zu einer anderen Zeit gewiss für sich behalten hätte.

Als die untergehende Sonne die schneebedeckten Gipfel in feurigem Rot erglühen ließ, schwiegen sie beide und genossen den Zauber des Augenblicks, jede auf ihre Weise. Obwohl der Fels karg,
die Luft eisig und die Berge einsam waren, spürte
Lya-Numi mehr und mehr, dass dies kein gewöhn-
licher Abend war. Es lag etwas in der Luft, das sie
nicht sehen, nicht fühlen und nicht greifen konnte – die Ahnung von etwas Großem, Einmaligem,
die mit dem schwindenden Licht immer stärker

wurde, ohne dass Lya-Numi einen Grund dafür ausmachen konnte.

Sie fragte die Hohepriesterin danach, doch die legte nur den Finger auf die Lippen und schüttelte stumm den Kopf. Lya-Numi spürte, dass sie auf etwas wartete, und weil ihr nichts anderes übrig blieb, beschloss sie, es Gilraen gleichzutun. Schweigend beobachtete sie, wie das Himmelsfeuer schwächer wurde und zu einem schmalen Lichtstreifen zusammenschrumpfte, vor dem die Gipfel der Berge wie schwarze Riesen anmuteten. Insgeheim hatte sie erwartet, dass die seltsame Stimmung mit dem Licht schwinden würde, aber genau das Gegenteil war der Fall. Je dunkler es wurde, desto mehr verstärkte sich das Gefühl, und endlich fand Lya-Numi auch einen Namen dafür: Magie! Es lag Magie in der Luft.

»Lya-Numi, sieh!«

Es war schon fast dunkel, als die Hohepriesterin sie unvermittelt an der Schulter berührte und mit dem ausgestreckten Finger auf einen Punkt hoch über ihren Köpfen deutete.

Lya-Numi schaute blinzelnd auf, konnte aber nichts erkennen außer ein paar Sternen, die sich schon früh am Nachthimmel zeigten. »Ich sehe nichts«, gab sie flüsternd Antwort.

»Warte.« Die Hohepriesterin sah gebannt nach oben. »Warte.«

Lya-Numi wartete. Suchend irrte ihr Blick am Himmel umher und fand schließlich ein leuchtendes Gebilde, das sich zu bewegen und näher zu kommen schien. »Was ist das?«, fragte sie, ohne die Augen von dem seltsamen Leuchten abzuwenden.

»Das Elfenfeuer.« Die Worte der Hohepriesterin waren nicht mehr als ein Flüstern. »Das heilige Elfenfeuer, das zu sehen nur wenigen Nebelelfen gestattet ist.«

Das Elfenfeuer …

Lya-Numi erschauderte, als sie begriff, welch unglaubliche Ehre ihr zuteil wurde. Gebannt beobachtete sie, wie die funkelnde Wolke aus goldenem Sternenstaub aus den Tiefen der Sphäre heranschwebte. Ihr glühender Schweif zog sich viele hundert Längen über den Nachthimmel, wie eine riesige Schlange, deren Schwanzspitze sich irgendwo in der Unendlichkeit verlor.

Als sie näher kam, glaubte Lya-Numi leise Musik zu hören – ein Summen von solch überirdischer Schönheit, dass sie augenblicklich allen Kummer und alle Furcht vergaß. Die Melodie erschuf in ihr ein so vollkommenes Glücksgefühl, dass ihr Tränen in die Augen stiegen.

Bald war die Wolke so nah, dass Lya-Numi versucht war, die Hand auszustrecken, um einen der goldenen Funken zu berühren. Berauscht von der Magie des Augenblicks und geborgen in den wundersamen Klängen, verfolgte sie die anmutig tanzenden Bewegungen der Abermillionen Lichter, die wie ein riesiger Leuchtkäferschwarm über dem Felsvorsprung hin- und herwogten.

Dann geschah etwas, was Lya-Numi erzittern ließ.

Aus der Wolke lösten sich nacheinander einzelne Lichtpunkte, schwebten auf sie zu und veränderten sich dabei auf unglaubliche Weise. Sie wurden größer und durchscheinend, flossen wie Nebel auseinander und formten schließlich geisterhafte Gestalten.

Nebelelfen! Sie tauchten aus dem Nebel auf, schwebten an Lya-Numi vorbei und verschmolzen wieder mit dem Dunst. Manche lächelten ihr kurz zu. Bei anderen glaubte sie, eine Berührung zart wie ein kühler Atemhauch auf der Wange zu spüren. Sie erkannte ihre Großmutter und ihren Großvater, eine Freundin, die viel zu früh gegangen war, und den Bruder ihres Vaters, der nicht von der Jagd auf Steppenbüffel heimgekehrt war. Die Berührungen und das Lächeln waren so tröstlich und voller Wärme, dass sie nicht anders konnte, als zu weinen.

Nicht weinen!

Aus der lieblichen Melodie, die all die wundersamen Erscheinungen begleitete, formten sich zwei Worte in Lya-Numis Gedanken. Zart wie Nebelschleier schwebten sie heran und verwehten, sobald ihr Sinn sich ihr enthüllte. Dennoch erkannte sie die Stimme sogleich.

»Dirair?« Hastig wischte Lya-Numi die Tränen fort und schaute sich um. »Dirair? Wo bist du?«

Ich bin hier, bei dir. Und ich werde es immer sein …

Aus dem Nebel formte sich Dirairs vertrauter Anblick. So lebensnah, wie sie ihn in Erinnerung hatte, und doch so durchscheinend, dass es keinen Zweifel geben konnte, wohin er jetzt gehörte.

»Dirair! O nein …« Lya-Numi sprang auf und streckte ihm voller Sehnsucht die Arme entgegen. »In Namen der Gütigen Göttin, sag, dass es nicht wahr ist«, flehte sie mit tränenerstickter Stimme. »Sag, dass ich das alles nur träume.«

Es ist wahr, und du weißt es, hörte Lya-Numi Dirair in ihren Gedanken. *Ich habe dir jede Nacht eine Botschaft geschickt, aber du wolltest mich nicht erhören. Es … es tut mir leid. So leid. Der Quarlin … wir waren nicht stark genug. Verzeih mir.* Seine Gestalt flimmerte, und Lya-Numi spürte Panik in sich aufsteigen.

»Dirair!«, rief sie mit sich überschlagender Stimme. »Geh nicht!«

Verzeih mir ... ich liebe dich ...

Die Nebelgestalt entfernte sich weiter, als ob sie gerufen wurde. Ihre Stimme wurde mehr und mehr von dem melodischen Klingen übertönt, und die Worte erreichten Lya-Numi bruchstückhaft.

»Ich liebe dich auch!« Lya-Numi schluchzte auf, doch da war die Nebelgestalt schon wieder zu einem winzigen Funken geworden, der sich zu den anderen gesellte.

... liebe dich, glaubte sie Dirairs Stimme ganz schwach, wie aus weiter Ferne, zu hören. *... bist frei ... hier warten ... wir uns wiedersehen ...*

Dann war er fort.

»Dirair!« Lya-Numis Stimme gellte durch die Nacht. Blind vor Tränen stürmte sie vor und wäre wohl in den Abgrund gestürzt, wenn die Hohepriesterin sie nicht im allerletzten Augenblick zurückgerissen hätte.

»Lasst mich!« Lya-Numi wehrte sich und versuchte die Hand abzuschütteln, die sie hielt. Doch vergeblich.

»Du wirst ihn wiedersehen – irgendwann.« Gilraen legte den Arm um Lya-Numis Schultern und zog sie von der Felskante fort. »Sieh!« Sie deutete zum Himmel hinauf, wo sich die funkelnde Wolke langsam entfernte und vor dem Hintergrund der Sterne langsam verblasste. »Sie kehren zurück in die Ewigen Gärten des Lebens.«

Lya-Numi wehrte sich nicht. Wie betäubt blickte sie der Wolke nach, ehe sie sich von der Hohepriesterin zu Rukh führen ließ, wo sie sich wie ein Kind in Gilraens Armen zusammenkrümmte und hemmungslos zu weinen begann.

Dirair ist tot! Tot, tot …

Gleich einem Dammbruch bahnten sich Kummer und Schmerz, die sich in den vergangenen Mondläufen in ihrem Innern aufgestaut hatten, einen Weg nach draußen, und die Tränen spülten auch die letzte Hoffnung fort.

Dirair ist tot. Drei Worte, die Lya-Numi das Herz zerrissen, so grausam, dass sie glaubte, sterben zu müssen. Aber auch drei Worte, die ihr altes Leben beendeten und sie freigaben für die Aufgaben, die sie erwarten mochten.

Als die Sonne aufging, hatte Lya-Numi keine Tränen mehr. Mit geröteten Augen löste sie sich aus Gilraens Armen, straffte sich, so gut es ging, und sagte mit brüchiger Stimme: »Also gut, dann werde ich es versuchen.«

»Was?« Gilraen sah sie überrascht an.

»Die Asche des Vergangenen abzuschütteln,

um einen neuen Anfang zu finden.« Lya-Numi wischte eine letzte Träne fort. »Wenn Ihr mich noch als Novizin wollt – ich bin bereit.«

Viele hundert Sommer später ...

… Nach einer Zeit, die der Elfenpriesterin wie eine kleine Ewigkeit vorkam, wurde der Sturm der Funken langsam schwächer, und in dem Maße, wie die Funken erstarben, begannen die Windspiele in den Bäumen wieder zu singen und die Nacht mit ihrer leisen Musik zu erfüllen. Der letzte Funke erlosch, doch selbst jetzt wagte niemand zu sprechen, und der liebliche Klang der Windspiele tat ein Übriges, um die feierliche Stimmung zu vollenden. Lya-Numi trat ans Feuer, blickte über die versammelten Elfen hinweg und hob erneut die Arme, um mit dem Dankgebet an die Gütige Göttin zu beginnen. Wie es in der Überlieferung festgelegt war, würde sie, die Priesterin, die Worte vorsprechen, und die versammelten Nebelelfen würden sie gemeinsam wiederholen.

»Sinayan Matra a Mongruad – heilige Mutter allen Lebens«, hob sie an und verstummte, um den Stimmen der Elfen zu lauschen. Doch statt des vielstimmigen Chores drang ihr ein anderer Ton ans Ohr, und das Blut gefror ihr förmlich in den Adern – das wütende, furchteinflößende Fauchen eines Raubtiers. Sie hatte immer gehofft, dieses Geräusch niemals wieder hören zu müssen. Ein Quarlin! Im nächsten Augenblick erkannte Lya-Numi ihren Irrtum. Nicht ein Quarlin befand sich auf der Lichtung – es waren fast hundert!

Schon zerrissen grauenhafte Schreie die Luft, und die dicht gedrängte Menge der Nebelelfen wogte in kopfloser Panik hin und her. Von ihrem erhöhten Standpunkt aus beobachtete Lya-Numi Männer, Frauen und Kinder, die verzweifelt eine Lücke in der geschlossenen Doppelreihe der Raubtiere zu finden versuchten – doch vergeblich. Die Quarline hatten einen dichten Ring um die Elfen gebildet, aus dem es kein Entrinnen gab.

Mit Tränen der Verzweiflung in den Augen drehte sich Lya-Numi um, riss einen brennenden Ast aus dem Scheiterhaufen und stürzte sich, den Ast wie eine Waffe vor sich hertragend, in den Kampf. Wenn ich schon sterben muss, dann nicht allein, dachte sie grimmig, während sie mit versteinerter Miene auf einen Quarlin zuschritt, der sie fauchend erwartete.

Lya-Numi wusste, dass sie in den Tod ging, aber sie spürte keine Furcht. So musste Dirair sich gefühlt haben, als er dem Quarlin vor vielen hundert Sommern allein und nur mit einem Speer bewaff-

90

net, gegenübergetreten war. Dirair, den sie immer noch so sehr liebte wie damals. Dirair, der in den Gestaden der Ahnen auf sie wartete – und den sie nun endlich wiedersehen würde.

Der Quarlin duckte sich, legte die Ohren an und bleckte die Zähne. Lya-Numis Hände umfassten den brennenden Stock so fest, dass die Knöchel weiß hervortraten. Nur wenige Schritte trennten sie noch von der Bestie, aber sie dachte nicht an Flucht. Sie war bereit zu kämpfen und zu sterben.

Lya-Numi!

Lya-Numi zuckte zusammen, als die vertraute Stimme ihren Geist berührte. *Dirair?* Ihr schlug das Herz bis zum Hals. Er ist es, schoss es ihr durch den Kopf. Er ist hier. Er ist gekommen, mich zu sich zu holen. Sie hatte den Gedanken noch nicht zu Ende geführt, als zwischen ihr und dem Quarlin ein gleißendes Licht erschien. Und mitten in diesem Licht stand Dirair!

Lya-Numi glaubte zu träumen. Er schaute sie nicht an. Sein Gesicht war dem Quarlin zugewandt. Wie sie es damals in ihrer Vision gesehen hatte, hielt er auch diesmal den Speer abwehrbereit in den Händen. Jeder Muskel in seinem Körper war angespannt, der Blick starr nach vorn gerichtet. Sein Atem ging stoßweise.

Flieh, Lya-Numi!

Fliehen? Lya-Numi glaubte sich verhört zu haben. Sie wollte nicht fliehen. Sie wollte …

Flieh! Deine Zeit ist noch nicht gekommen.

Aber ich … Der Kummer ließ Lya-Numi die Kehle eng werden. Was wollte das Schicksal ihr denn noch aufbürden? Sie hatte so lange gelebt, so lange gewartet …

Unser Volk braucht dich. Du kannst mir nicht folgen.

Der Quarlin fauchte wild. Die Lichterscheinung schien ihn zu verwirren – aufhalten konnte sie ihn nicht. Mit schreckgeweiteten Augen sah Lya-Numi, wie er sprang, mitten durch das Licht hindurch. Dirair riss den Speer in die Höhe. Als die Spitze sich in den Bauch des Quarlins bohrte, geschahen drei Dinge gleichzeitig. Ein gewaltiger Donnerschlag erschütterte den Boden. Die Welt um Lya-Numi herum wurde in ein gleißendes Licht getaucht, und sie verlor den Boden unter den Füßen. Wie ein Blatt im Wind fühlte sie sich durch die Luft getragen …

Als sie zu sich kam, fand sie sich unweit von Caira Dan in den Sümpfen wieder. Aus der Ferne konnte sie Kampflärm und die Todesschreie der Nebelelfen hören. Ohne zu zögern, sprang sie auf, um ihren Brüdern und Schwestern zu Hilfe zu eilen, und erstarrte mitten in der Bewegung. Ein massiger Körper, der sich vor ihr aus dem Unterholz schob, versperrte ihr den Weg.

Noch ein Quarlin! Hinter Lya-Numis Stirn überschlugen sich die Gedanken. Was ging hier vor? Hatte Dirair sie nur gerettet, damit ihr Leben jetzt ein Ende fand? Das konnte nicht sein.

Flieh. Deine Zeit ist noch nicht gekommen, hörte sie Dirairs Stimme wieder in ihren Gedanken. *Unser Volk braucht dich. Du kannst mir nicht folgen.*

… unser Volk braucht dich.

Lya-Numi atmete tief durch. Sie hatte keine Wahl. Der Weg zurück war ihr ebenso verwehrt wie der Weg in die Gestade der Ahnen. Sie musste sich dem Willen der Gütigen Göttin fügen – so wie sie es schon einmal getan hatte. Der Quarlin kam näher und machte ihr die Entscheidung leicht.

»Verzeiht mir«, schluchzte sie mit einem verzweifelten Blick in Richtung des Kampfplatzes. Dann wandte sie sich um und begann zu laufen.

Monika Felten

Elfenfeuer

Die Saga von Thale 1.
476 Seiten. Piper Taschenbuch

Finsternis und Unterdrückung herrschen im Land Thale, seit Elfen und Druiden ermordet und die Gütige Göttin vertrieben wurde. Doch bevor er starb, prophezeite der letzte Druide die Ankunft eines Retters, der die dunklen Mächte besiegen und dem zerstörten Land Frieden und Freiheit schenken wird. Viele Jahre später, in einer einsamen Nacht, als sich die Monde verdunkeln, bringt eine Frau aus dem einfachen Volk ein Kind zur Welt: Sunnivah, ein Mädchen, das nichts von seiner großen Aufgabe ahnt. Noch ist sie ein wehrloser Säugling, der mit allen Mitteln vor den Soldaten und Kreaturen des dunklen Herrschers versteckt werden muß. Doch der Tag wird kommen, da sie als Kriegerin vor die Festung des Unbesiegbaren treten und ihn mit Hilfe ihrer Gefährten herausfordern wird.

»Märchenhaft gut!«
Flash Magazin

Monika Felten

Die Macht des Elfenfeuers

Die Saga von Thale 2.
479 Seiten. Piper Taschenbuch

Seit nunmehr fünf Generationen gilt Asco-Bahran, Meistermagier des finsteren Herrschers, als tot – doch in Wahrheit ist seine Macht unsterblich. Verborgen in den Gefilden der Finstermark, versammelt er ein Heer bestialischer Rächer, um ein Fürstentum des Grauens zu errichten. Die Gütige Göttin, seine erhabene Feindin, träumt derweil in den Gärten des Lebens – bis die Kunde eines schrecklichen Anschlags sie erreicht: Blutrünstige Bestien haben das Volk der Nebelelfen überfallen, und schon brennt das Grasland vor den Mauern der Festungsstadt …

»Spannende Unterhaltung ist garantiert!«
Kieler Nachrichten

Monika Felten

**Die Hüterin
des Elfenfeuers**

*Die Saga von Thale 3.
464 Seiten. Piper Taschenbuch*

Die Nebelelfe Naemy wird von
der Gütigen Göttin in die Ver-
gangenheit geschickt, um ihr
Volk zu retten. Dort trifft sie
auf alte und neue Verbündete
und gerät mitten in eine grausa-
me Schlacht. Zwar haben Naemy und ihre Schwester Shari
die Macht, die Ereignisse zu ändern, doch dadurch bringen sie
sich und ihre Welt in höchste
Gefahr …

Dieser dramatische Abschluß
der »Saga von Thale« liefert
den Schlüssel zu allen Rätseln
und Geheimnissen des preisge-
krönten Zyklus.

Monika Felten

Die Nebelsängerin

*Das Erbe der Runen 1.
464 Seiten. Piper Taschenbuch*

Nach der Saga um das »Elfenfeuer« der neue große Zyklus
der deutschen Meisterin der
Fantasy: »Das Erbe der Runen«. Finstere Mächte, Unheil
und Verrat haben die Magie der
Nebel gebrochen, welche die
Elben einst woben. Die Nebelsängerin Ajana ist eine Grenz-
gängerin zwischen der realen
Welt und dem Reich der Elben.
Als Erbin eines uralten Amu-
letts, das von jeher von der
Mutter an die Tochter weiter-
gegeben wird, gerät sie unver-
sehens in den Bann verzauber-
ter Runen und wird hineinge-
rissen in einen Strudel phantas-
tischer Abenteuer. Noch ahnt
sie nicht, welch ungeheure Aufgabe das Schicksal für sie be-
reithält.

PIPER